JENNY KREMER

WeltenRetter

MAGIE UND ZAUBER AN JEDEM ORT

novum ▲ pro

Bibliografische Information
der Deutschen Nationalbibliothek:

Die Deutsche Nationalbibliothek
verzeichnet diese Publikation in
der Deutschen Nationalbibliografie.
Detaillierte bibliografische Daten
sind im Internet über
http://www.d-nb.de abrufbar.

© 2021 novum Verlag

ISBN 978-3-99107-956-9
Lektorat: Thomas Ladits
Umschlagfotos: Annausova75,
Rastan, Vivilweb | Dreamstime.com
Umschlaggestaltung, Layout & Satz:
novum Verlag
Autorenfoto: Jenny Kremer

Gedruckt in der Europäischen Union
auf umweltfreundlichem, chlor- und
säurefrei gebleichtem Papier.

www.novumverlag.com

Inhaltsverzeichnis

Prolog

„So viel Zeit ist vergangen seit jenem schicksalhaften Tag, an dem ich euch, meine über alles geliebten Kinder, allein lassen musste. So viel Zeit, in der sich das Unheil verbreiten konnte", seufzte Marisa, als sie ihre Kinder sah.

Zoe und Alfred standen regungslos da, sie kannten die Frau vor ihnen nicht, zu der sie ein alter Mann mit Bart gebracht hatte. Sie strahlte eine Energie aus, die den Kindern unerklärlicherweise sehr bekannt vorkam.

„Erklär uns, was ist mit uns geschehen?", fragte Zoe den Tränen nahe. Ihr Bruder war über Nacht zu einem Wesen geworden und ihre Kleider, sie waren verschwunden und stattdessen wachte sie in einem langen Gewand auf.

Alfred heulte auf, ein Ton, der durch Mark und Bein ging. Zoe zuckte und sackte plötzlich auf dem Boden in sich zusammen.

„Was hast du getan?!", schrie Alfred Marisa an.

„Ich habe euch nur angesehen, meine lieben Kinder, ihr seid groß geworden", sie lächelte ein gequältes Lächeln.

Mit einem lauten Knall flog die Flügeltür des Saals auf, in dem sie sich alle befanden.

Laute Schritte hallten durch den Raum, doch niemand war zu sehen. Alfred erschrak, erst seine Schwester und nun das, das war ihm eindeutig zu skurril.

„Lasst meine Kinder in Ruhe!", sprach Marisa mit kraftvoller Stimme. Zwei Männer legten ihre Tarnung ab und trugen ein hämisches Grinsen auf den Lippen. Sie hatten es geschafft, Zoe war gefallen, nun konnten sie endlich die Aufgabe erfüllen, die ihnen schon am Tage der Geburt der Zwillinge gegeben wurde. Sie sollten mit allen Waffen kämpfen, kämpfen, um die Verbreitung der Spezies der Mischblüter zu verhindern. Sie würden dafür sorgen, dass die neuen Herrscher verschwanden und die alte Ordnung siegen würde.

Marisa blicke zu Alfred, der nun gar nichts mehr verstand, sie konnte die Panik um seine Schwester in seinen Augen sehen.

„Das sind sie, die, vor denen ich euch euer Leben lang behüten wollte, die Krieger des Todes."

„Sie sind Teil meiner Armee, den Kriegern des Todes und der Vernichtung", ertönte eine tiefe Stimme.

Kapitel 1

„Hey Zoe, wir müssen los!", rief Alfred die Treppe hinauf zu seiner Schwester.

„Jetzt warte doch mal, wir haben doch noch ewig Zeit", meinte Zoe noch verschlafen.

„Nein, das haben wir nicht, der Bus ist schon bei Tim!", entgegnete Alfred.

Kaum hatte der Junge seinen Satz beendet, hörte er Zoe schon die Treppe hinunterstürmen.

„Wie, der ist schon bei Tim?", blaffte Zoe. „Dann wäre der ja nur noch zwei Haltestellen von uns entfernt, das kann nicht sein, ich war noch nie zu spät dran."

„Es ist aber so, ich hab dich heute Morgen gar nicht wach bekommen!", pflaumte Alfred sie an. „Jetzt beeil dich, wir müssen echt los."

Zoe schoss in Windeseile ins Badezimmer, schnappte sich ihre Klamotten, schlüpfte hinein und wiederholte das Spiel mit ihren Schuhen. Zusammen rannten die zwei aus dem Haus, um den Schulbus noch zu bekommen.

Es war bereits Ende Oktober und lange nicht mehr so schön warm wie im Sommer. Zoe und Alfred mochten die Wärme des Sommers viel lieber als die Nässe und Kälte, die Herbst und Winter mit sich brachten.

Die beiden waren mit ihren elf Jahren bereits viel erwachsener als die anderen Kinder aus ihrer Schulklasse. Logisch eigentlich, wenn man einen wichtigen Aspekt kannte, den jedoch nur zwei andere Kinder kannten. Wieso sollten sie den anderen auch auf die Nase binden, dass sie keine Eltern mehr hatten? Sie kamen sehr gut allein zurecht. Klar wussten sie, dass Kinder wie sie normalerweise nicht auf sich allein gestellt waren, sondern eine Mutter und einen Vater hatten, doch woher sollten sie denn wissen, dass sie nicht normal waren?

Zoe und Alfred waren Zwillinge, sie wurden in einem ganz normalen Krankenhaus geboren und wuchsen die ersten fünf Jahre gut behütet bei ihrer Mutter auf. Doch eines Morgens war sie einfach fort und hatte ihren Kindern nichts als einen Brief auf dem Küchentisch zurückgelassen.

Marisa, so hieß ihre Mutter, hatte ihren Kindern sehr früh gelehrt, zu lesen und zu schreiben, sie förderte sie, wo sie nur konnte. Sie musste allein zusehen, wie ihre Zwillinge aufwuchsen, denn einen Vater hatten die beiden nicht, zumindest sagte ihre Mutter ihnen dies stets so. In der Schule jedoch hatten die Kinder bereits mit acht Jahren gelernt, dass dies nicht möglich war, denn jedes Kind hatte eine Mutter und einen Vater.

Es hatte sie sehr verletzt, ihre geliebten Kinder im Stich lassen zu müssen, denn sie waren noch so klein gewesen, so hilflos und zerbrechlich. Marisa redete sich dies immer wieder aufs Neue ein, doch je älter ihre Kinder wurden, desto mehr bewiesen sie ihr das Gegenteil. Alfred sah zwar schmächtig aus, denn er war schmal gebaut und eher zurückhaltend, was unter Umständen ein falsches Licht auf ihn warf, dennoch war er stark. Marisa wusste es genau, sie hatte es gesehen, sie wusste genau, welche unsagbaren Kräfte in ihm schlummerten. Auch Zoe war schlank, aber im Gegensatz zu ihrem Bruder war sie groß und hatte ein loses Mundwerk. Zoe sagte sofort, wenn ihr etwas nicht in den Kram passte, Alfred hingegen war eher der stille Beobachter. Aber wer bitte sollte ahnen, dass sie diese Rollen später einmal tauschen würden? Wer hätte auf die Idee kommen können, dass aus groß und charakterstark einmal ein ruhiger und in sich gekehrter Mensch werden würde? Kaum auszudenken, was alles passieren konnte, wenn sie ihre Fähigkeiten im falschen Sinne nutzen würden. Für die zweifache Mutter war es eine Qual gewesen, ihre Kleinen sich selbst überlassen zu müssen, doch was hätte sie tun sollten, sie hatten ihr gedroht.

Die Krieger hatten sie bereits vor der Geburt der Zwillinge aufgesucht und der Rat hatte eine machtvolle und lebensverändernde Entscheidung für sie getroffen. Dies galt dem Schutz aller, doch als Mutter ihre noch kleinen Kinder allein zu lassen, dieser Schritt war Marisa dennoch sehr schwergefallen.

Wie hätte es auch anders sein sollen, nachdem die Zwillinge auf die weiterführende Schule gekommen waren, so wurden sie direkt getrennt. Sie gingen zwar beide auf die gleiche Schule, in denselben Jahrgang, doch in unterschiedliche Klassen. In ihrer jetzigen Schule wurde es nicht gutgeheißen, wenn Zwillinge oder generell gesagt Geschwisterkinder in der gleichen Klasse waren. Die Lehrer waren paranoid, was das anging, denn sie kannten die speziellen Beziehungen, die besonders Zwillinge zueinander hatten.

Besonders im Bezug auf die Klausuren waren die Lehrkräfte skeptisch, denn war diese besondere Bindung mit einem Täuschungsversuch gleichzusetzen? Die Art und Weise, mit der Zwillinge miteinander kommunizierten, war für viele Menschen ein Rätsel, ein Mysterium. Zoe und Alfred teilten die gleichen Lehrer, doch in den vergangenen Wochen, genauer gesagt seit die Schule nach den Ferien wieder gestartet war, fielen den Kindern Veränderungen an ihren Lehrern auf. Ganz speziell zwei von ihnen verhielten sich merkwürdig. Sie beobachteten die Kinder, an manchen Tagen erschien es den beiden sogar so, als würden sie verfolgt.

Doch weder der eine noch der andere verzogen eine Miene und die Kinder waren sich nicht sicher, ob ihnen ihre Fantasie einen Streich spielte.

Marie und Tim, das waren die besten Freunde der Zwillinge, waren auch komisch drauf, das fiel Alfred direkt nach den Ferien auf. Doch beide stritten dies ab, Alfred spinne, da waren sie sich einig und das war absolut unnormal, denn normalerweise stritten beide immer und über alles. Wenn man Tim und Marie nicht besser kannte, so hätte man denken können, dass auch sie Geschwister gewesen wären, denn sie stritten über und auch um jede Kleinigkeit. Sie waren fast schlimmer als Zoe und Alfred. Und sogar das Aussehen der beiden erinnerte an Geschwisterkinder, sie glichen sich äußerlich sogar mehr als Zoe und Alfred.

Zoe neckte Marie immer mit dem Spruch „Was sich liebt, das neckt sich" oder „Marie und Tim sitzen auf dem Baum, man glaubt es kaum", doch Marie fand das ganz und gar nicht witzig. Sie mochte den besten Freund des Bruders ihrer besten Freundin nicht, er sei total arrogant und doof, das betonte sie immer wieder. Doch Zoe hätte schwören können, dass Marie dem angeblich so doofen Tim immer wieder mal einen gar nicht so fiesen Blick zuwarf.

Zoe und Marie kannten sich schon sehr lange. Die beiden hatten von klein auf immer zusammen gespielt, denn auch ihre Mütter waren beste Freundinnen aus Kindheitstagen gewesen. Seit die Mädchen laufen konnten, gingen sie durch dick und dünn, egal, wie weit ein Weg war, sie gingen ihn zusammen. Beide hatten sie den Vorschlag eines Tagebuchs abgelehnt, denn sie hatten einander und ihre Köpfe sogen die Informationen, die sie von der anderen bekamen, schlagartig wie ein Schwamm auf. Ihr Speicherplatz schien unendlich, also wozu ein Tagebuch, in das sie eh das hineinschreiben würden, was sie einander erzählten. Außerdem hatte dies einen riesigen Vorteil, denn wenn es um Dinge ging, die ihre Mütter nichts anging, so konnten diese ihre Geheimnisse auch nicht herausfinden.

„Beste Freundinnen fürs Leben."

„Ja, für immer und ewig."

Das waren die zwei Sätze, die die Kinder schon sehr früh täglich mehrfach wiederholten, bis zur heutigen Zeit.

Kapitel 2

Zoe schrie.

Sie wachte mitten in der Nacht schweißgebadet auf und atmete schwer. Ihre Augen hatte sie schlagartig aufgerissen. Die blanke Panik stand ihr ins Gesicht geschrieben.

Zoe hatte einen lauten Knall gehört, bevor sie zur Besinnung kam.

Alfred war vom Schrei seiner Schwester aus dem Bett gefallen und eilte zu ihr. Er riss ihre Schlafzimmertür auf und fragte, was denn passiert sei.

„Ich, ich ..." Zoe zitterte am ganzen Körper und wusste eigentlich gar nicht so genau, warum. Sie stand völlig unter Schock, kaum ansprechbar, fast schon apathisch, und begann die Arme um ihre Knie zu schlingen.

Alfred trat näher an sie heran und versuchte, sie zu beruhigen.

„Zoe, komm runter, es war nur ein Traum." So hatte ihre Mutter die Zwillinge als Kleinkinder immer beruhigt, wenn sie in der Nacht aufgewacht waren und vor Angst zu schreien und zu weinen begonnen hatten.

„Alfred, das war kein Traum, mich hat jemand gepackt."

Zoe deutete auf ihren linken Oberarm. Vorsichtig berührte sie diesen und ein Schmerz zuckte durch ihren Körper. Nun wollte sie es wissen. Was war dort? Sie schob den Ärmel ihres Schlafanzugs hoch und da sahen sie es. Die Zwillinge sahen einander mit geweiteten Augen an, als könnten sie es nicht fassen, was sie sahen.

„Das sieht ja aus wie eine Verbrennung!", sagte Alfred geschockt.

„Was hat das zu bedeuten, Alfred?", fragte Zoe mit zittriger Stimme.

„Das weiß ich nicht, aber eins weiß ich, das kommt nicht vom Schlafen oder einem Alptraum."

„Liebes Tagebuch.

Heute war ein echt schräger Tag. Die Lehrer waren in der Schule richtig seltsam drauf. Andauernd haben sie Zoe und mich beobachtet, es war richtig gruselig. Was hat Zoe nur an sich, dass sie ständig beäugt wurde? Wir kennen uns schon so viele Jahre und das war nie so. Erst seit Beginn des Schuljahres. Alles ist anders, aber ich weiß nicht, ob das gut ist. Ich gönne ihr ja die ganze Aufmerksamkeit, auch wenn ich glaube, dass sie das bewusst gar nicht so mitbekommt. Aber eigentlich müsste es ihr doch auffallen, ich merke es doch auch, die Blicke, sie ruhen auf uns, sie brennen sich in meinen Rücken und das schmerzt. Es ist fast so, als wollten die Lehrer uns, nein ihr, etwas sagen, ohne Worte zu verwenden. Ich verstehe das Ganze zwar noch nicht, aber ich ...“

Plötzlich klopfte es an der Tür und Marie erschrak so sehr, dass sie ihre Nachricht versehentlich wieder löschte. Sie und Zoe hatten zwar gesagt, dass ein Tagebuch sinnfrei wäre, doch es gab einfach Dinge, die sie erst erforschen wollte, bevor sie mit ihrer besten Freundin darüber sprach, oder gar mit ihrer Mutter. Daher hielt sie ein virtuelles Tagebuch, welches mit einem Code gesichert war, für einen guten Mittelweg.

Marie klappte den Laptop schnell wieder zu und versteckte ihn unter ihrer Bettdecke. Sich selbst legte sie auch wieder unter die Decke und tat so, als hätte sie noch geschlafen.

„Guten Morgen, mein Engel, es ist Zeit zum Aufstehen“, ertönte die Stimme ihrer Mutter leise im Raum.

„Ich komm ja gleich“, sagte Marie gespielt verschlafen, um die Täuschung aufrecht zu halten.

Ihre Mutter nickte die Aussage ihrer Tochter ab, das tat sie immer, bevor sie den Raum wieder verließ.

„Puh, das war knapp“, dachte Marie laut nach.

Verflixt, schoss es ihr durch den Kopf, der Tagebucheintrag von heute war weg, sie hatte vergessen, ihn abzuspeichern, bevor sie ihn versehentlich gelöscht hatte.

Trotz dessen, dass sie schon einige Minuten wach gewesen war, war Marie doch noch müde und so trottete sie in die Küche, wo ihre Mama schon mit dem Frühstück und einem belegten Brot für die Schule auf sie wartete.

Marie kaute noch ihr Müsli, als es an der Tür klingelte. Mit noch vollem Mund sprach sie zu ihrer Mutter: „Das muss Zoe sein." Aber bevor sie aufspringen und zur Tür rennen konnte, war ihr ihre Mutter zuvorgekommen.

„Guten Morgen, Frau Rayee, ist Marie schon auf? Ich muss dringend mit ihr sprechen", sprach Zoe bemüht ruhig.

Anja lächelte und bemerkte die Aufregung, die Zoe ausstrahlte. Sie bat sie herein und deutete ihr mit der Hand, dass Marie in der Küche sei.

Zoe war verwundert. Wieso sprach Anja nicht mit ihr, sondern gestikulierte nur, diese Art war ihr an der Mutter ihrer besten Freundin fremd. Dennoch betrat sie mit einem Lächeln die Wohnung und ging zu Marie.

„Ich wusste es!", sagte Marie mit einem Grinsen.

„Was wusstest du?", fragte Zoe verwirrt.

„Na, dass du es bist, wer sollte mich sonst beim Frühstück stören? Wer sonst sollte wissen, dass ich genau jetzt zuhause bin?", sprach Marie weiter.

„Tja, Sherlock Holmes" Zoe grinste. „Ich bin halt heute in geheimer Mission unterwegs und habe dieses Haus hier observiert, nur um herauszufinden, dass du heute schon wieder deine Lieblings-Cornflakes isst", witzelte Zoe.

„Haha, wie lustig." Marie verdrehte die Augen, bevor sie anfing zu lachen. Zoe stimmte mit ein.

„Also, was verschlägt dich Morgenmuffel Schrägstrich Schlafmütze um 6:20 Uhr zu mir?"

„Das ist geheim, das darf keiner wissen", flüsterte Zoe Marie plötzlich ins Ohr. Als sie wieder einen Schritt zurückging, legte sie sich den Zeigefinger auf die Lippen, um Marie zu signalisieren, dass sie sie nicht nochmal fragen sollte.

Marie verstand sofort und flüsterte Zoe eine Nachricht ins Ohr: „Wenn es wirklich keiner wissen darf, dann treffen wir uns heute Abend, wenn es dunkel ist und Mama denkt, dass ich schon schlafe, in meinem Baumhaus." Zoe nickte.

„Entschuldigen Sie die frühe Störung, Frau Rayee, es war wirklich wichtig und Dankeschön nochmal, dass Sie mir die Tür aufgemacht haben." Zoe lächelte ihr liebstes Lächeln und Anja übernahm dieses auf ihre Lippen, bevor sie diese öffnete und sagte:

„Für dich doch immer, du weißt ja, du und Alfred könnt jederzeit kommen. Es ist so tragisch, was mit Marisa geschehen ist." Sie schüttelte den Kopf, es war fast so, als wollte sie sich selbst in die Gegenwart zurückholen.

Zoe sah einen Schatten hinter dem Baum im Garten der Rayees verschwinden. Hatte sie etwa jemand beobachtet? Das Gefühl hatte sie in den letzten Tagen des Öfteren gehabt, aber gesehen hatte sie bislang noch nie jemanden. Erst dachte sie, sie bilde sich das nur ein, doch konnte man sich so oft etwas einbilden?

Es schwirrten ihr so viele Fragen im Kopf herum, viele Fragen, deren Antworten sie noch nicht kannte.

Sie ging durch die Haustür hinaus und winkte Anja und Marie noch einmal zu. Mit ihren Lippen formte sie ein stummes „Danke", bevor sie sich umdrehte und wieder nachhause lief.

Anja und ihre Mama waren früher, als Zoe noch klein war, beste Freundinnen gewesen, genauso wie Marie und sie heute. Ein Lächeln huschte ihr über die Lippen, als sie an die Zeit zurückdachte, als sie und ihre beste Freundin sich kennengelernt hatten. Es war eine tolle Zeit gewesen, damals, als die Welt für die Zwillinge und ihre Mutter noch in Ordnung gewesen war.

Niemand hatte mit dem plötzlichen Verschwinden von Marisa gerechnet und auch Anja hatte seit jenem Tag nichts mehr von ihr gehört, so wie alle.

Seit Marisa fort war, schien sich die Nachbarschaft verändert zu haben. Die Menschen hielten lange nicht mehr so stark zusammen wie vor ihrem Verschwinden. Oft zogen neue Leute her und genauso schnell, wie sie eingezogen waren, verschwanden sie auch wieder. Kaum einer grüßte den anderen mehr, wenn er ihm auf der Straße begegnete. An manchen Tagen, da spürte Zoe die Traurigkeit der Leute in der Luft hängen. Es war einem unerklärlichen Gefühl verschuldet, welches sie seit einem Jahr verspürte. Es war an ihrem zehnten Geburtstag wie aus dem Nichts gekommen und seither nicht mehr gegangen.

An manchen Tagen war Zoe selbst traurig, sie fühlte sich allein, auch, wenn sie genau wusste, dass sie das nicht war. Sie hatte ihren Bruder, ihre beste Freundin, Anja, die über die Jahre wie eine zweite Mutter für die Zwillinge geworden war und eine Mama, die ihr einst versprochen hatte, dass sie immer auf sie aufpassen würde.

Zoe rannen die Tränen über die Wangen, sie blickte in den Himmel und konnte ihre Trauer am heutigen Tage nicht mehr verbergen, ehrlich gesagt, das wollte sie auch gar nicht mehr.

Kapitel 3

„Herr Bött, bitte ins Sekretariat", erklang die sanfte Frauenstimme der Direktorin über die Lautsprecher der Schule.

„Na, was wird er wohl angestellt haben?", fragte Tim in die Klasse, als sein Klassenlehrer den Raum verlassen hatte.

„Er sah nicht danach aus, als wäre etwas vorgefallen", antwortete ihm eine Klassenkameradin. Clarissa war ihr Name, sie hatte lange, glatte, blonde Haare und smaragdgrüne Augen. Ihr Gesicht war von ein paar wenigen Sommersprossen geziert. Die Jungs der Klasse nahmen sie aber nie für voll, wer blond war, war blöd. Clarissa verletzten die Worte ihrer Mitschüler sehr, denn sie war noch neu auf der Schule und hatte noch keine Freunde.

„Er darf uns doch seine Angst nicht offen zeigen, dann wäre er schwach und kein Mann", erwiderte ein Junge aus der hinteren Reihe und warf anschließend mit einem Papierball nach Clarissa.

„Stimmt, wie doof muss man denn sein, um zu glauben, dass Lehrer wegen einer Lappalie zur Direx gerufen werden", warf Tim ein.

„Ich bin nicht doof!", äußerte sich Clarissa „Ich glaube nur, dass er nicht wegen eigenem Verschulden ausgerufen wurde, sondern wegen Fremdverschulden."

„Jaja, du Klugscheißer, wir haben's kapiert. Du weißt alles und wir anderen sind dumm!", rief ein anderer.

„Das stimmt doch gar nicht!", wehrte sich das Mädchen.

„Nur, weil ich gute Noten schreibe, bin ich weder ein Klugscheißer noch sonst was. Ich, ich hab das einfach im Gefühl und mein Bauchgefühl lässt mich nie im Stich." Clarissa wurde kleinlaut, denn sie wusste bereits, als sie die letzten Worte ausgesprochen hatte, dass ihre Mitschüler sie dafür belächeln würden.

Alle begannen zu lachen, alle bis auf einen, Tim.

Clarissa nahm sich ihre Sachen und ging aus dem Raum. Sie wollte nicht, dass die anderen ihre Tränen sahen, sie wollte vor ihren Mitschülern nicht noch schwächer aussehen, als sie es ohnehin schon tat.

Leise ließ sie die Tür zufallen, die anderen Klassen hatten schließlich noch Unterricht und es sollte keiner der Lehrer auf sie aufmerksam werden.

„Warte", hallte es leise im Flur hinter ihr. Doch sie drehte sich nicht um, keiner wollte sie an dieser Schule, also konnte sie eh nicht gemeint sein.

„Jetzt bleib doch mal stehen", hörte sie die Stimme näherkommen. Jetzt lief sie los, sie wollte nicht warten, gar nicht erst auf einen Klassenkameraden, sie mochten sie nicht und daran würde sich nichts ändern.

Ihre Sicht war durch den Fluss ihrer Tränen beeinträchtigt, sodass sie nicht rennen konnte, ohne Gefahr zu laufen, mit einer Wand oder einer anderen Person zusammenzukrachen. Sie blickte sich abermals um, doch sie sah keinen.

Sie lief um die letzte Ecke, bevor sie die Ausgangstür erreichte, da wurde sie gepackt.

Den lauten Schrei unterdrückte sie gekonnt, doch was würde ihr nun drohen? Schläge, weil sie der Stimme keinen Glauben geschenkt hatte, ein Schulverweis, weil sie einfach, ohne triftigen Grund und ohne Erlaubnis, den Unterricht verlassen hatte, oder doch Schlimmeres?

Sie blickte ihren Angreifer an und vermochte kaum, ihren Augen zu trauen. Es war Tim, der sie an der Schulter festhielt. Er schien ganz außer Atem zu sein, aber warum, er war sportlich und hätte keinerlei Mühe gehabt, sie einzuholen.

„Was willst du?", blaffte sie ihn an.

„Wie, was ich will, ich hab mir Sorgen gemacht, ich meine, ehm ...", stammelte Tim.

Er rieb sich mit der freien Hand den Hinterkopf und überlegte, was er nun sagen sollte.

„Brauchst du nicht, ich komm gut allein zurecht, ich brauche kein geheucheltes Mitleid, von keinem!" Clarissa befreite sich aus seinem Griff und öffnete die Tür. Die letzten Tränen waren längst versiegt. Nun regierte die Wut über sich selbst in ihr.

„Hey, jetzt warte doch mal!" Tim lief ihr nach, sich selbst bewusst, dass sie beide riesigen Ärger bekommen würden, aber das war ihm grade herzlich egal. Auf einmal mehr oder weniger Nachsitzen kam es jetzt auch nicht an.

„Lass mich einfach, okay?"

„Und wenn ich das nicht will?"

„Na, dann hast du Pech, ich gehe jetzt heim und wenn du unbedingt willst, dann komm halt mit und warte dann vor verschlossener Tür, die ganze Nacht bis morgen früh."

Tim bemerkte, dass es nicht der Angriff seiner Klassenkameraden gewesen war, der Clarissa so mitgenommen hatte, doch was sollte er jetzt tun, sie war eindeutig zu aufgewühlt und wollte ihm nicht zuhören.

„Okay, dann bis morgen früh, ich werde da sein."

Diese Worte warfen Clarissa nun gänzlich aus dem Konzept, sie blieb stehen und drehte sich zu ihm um.

Geschafft!, dachte er sich und begann ein leichtes Lächeln.

„Du bist ein komischer Kauz, hat dir das mal jemand gesagt?" Ihr skeptischer Blick traf ihn. Tim winkte ihr und trat dann den Rückweg zur Schule an.

Würde er seine Worte wahr machen?

Wieso war er so nett zu mir?

Auf wessen Seite stand er?

Gehörten seine netten Worte, mit denen er sie scheinbar beschützen wollte, zu einem niederträchtigen Plan?

Diese und noch viele weitere Fragen geisterten Clarissa den Tag über im Kopf herum, sie verstand den Jungen nicht, erst war er einen Tag gemein zu ihr, dann am nächsten nahm er sie in Schutz, ihr Kopf fuhr Karussell.

Zum Glück hatte ihre Mutter ihr die Ausrede mit den Bauchschmerzen geglaubt, so hatte sie nicht mehr zurück in die Schule gemusst und konnte sich nun ganz auf ihre eigenen Probleme konzentrieren, die waren im Moment wichtiger als alles andere.

Kapitel 4

„Anja, bitte!"", flehte Marisa. „Nein, das kann ich nicht verantworten, wirklich nicht, wenn sie doch kommen, das geht einfach nicht.""

Anja lief den Flur immer wieder auf und ab. Sie konnte das nicht tun und Marisa durfte das nicht tun.

„Du bist meine beste Freundin und du bist die Einzige, die ihnen helfen kann.""

„Du bist die wichtigste Person in ihrem Leben, du kannst nicht einfach so gehen!""

„Ich will auch nicht gehen, aber du weißt genau, dass ich gehen muss."", seufzte Marisa, „Ich kann sie nicht allein lassen und du bist meine letzte Hoffnung. Bitte Anja, tu es für die Kleinen.""

Marisa hatte Tränen in den Augen, sie hatte bereits die vergangenen Nächte durchgeweint. Es war das Grausamste, was der Rat der Mächtigen ihr hätte antun können, doch es galt dem Schutz ihrer Kinder.

„Marisa …"", begann Anja, doch bevor sie ihren Satz aussprechen konnte, brachen bei Marisa alle Dämme. Anja wusste, wie wichtig ihrer Freundin ihre Kinder waren, und eigentlich hatte sie ja auch Recht, wenn die beiden nicht bei ihr Unterschlupf finden konnten, dann bei keinem.

„Ja, ist ja gut, ich kümmere mich um Zoe und Alfred. Ich verspreche dir, dass sie immer zu Marie und mir kommen können, egal wann. Ich werde immer für sie da sein. Aber du musst dich an dein Wort halten. Sie werden in das Alter kommen und dann musst du wieder für sie da sein. Ohne dieses Versprechen werde ich dir nicht helfen, es sind deine geliebten Kinder und du allein bist in der Pflicht, sie auf das vorzubereiten, was sie erwarten wird.""

Marisa fiel Anja um den Hals.

„Danke Anja, du wirst es nicht bereuen. Natürlich bereite ich sie darauf vor, ich habe sie, so gut es in den wenigen Jahren ging, schon auf das Menschenleben vorbereitet und sobald sie alt genug sind, es zu verstehen, da werde ich sie auf ihre Aufgabe vorbereiten. Sobald der Tag naht, werde ich zurückkommen, dann werde ich ihnen alles erklären, sie ins Geschehen einweihen."

„Marisa, vergiss nie, die Kinder sind sehr schlau, verpasse nicht den Moment, ich werde von hier nicht mit dir in Kontakt treten können, sei wachsam." Anja wusste, dass es ein Abschied auf Zeit sein würde, dennoch fiel es ihr schwer, ihre beste Freundin ziehen lassen zu müssen. In wenigen Tagen würde es so weit sein, die Zwillinge würden von ihrer Mutter zurückgelassen werden, sie würden lernen müssen, das Leben allein zu bestreiten und Herausforderungen zu bestehen.

„Es ist nur ein Abschied für acht Jahre, danach sind wir wieder vereint", versuchte Marisa die Stimmung aufzuhellen, auch wenn sie wusste, dass es eine schwere, lange Zeit werden würde.

„Halt dich von Pablo fern, du hast die Zukunft gesehen, kämpfe für deine Kinder", sagte Anja.

„Für die Kinder", schwor Marisa, „Und achte auf Marie, du kennst die Zukunft ebenso wie ich", sprach sie weiter.

„Versprochen", flüsterte Anja.

„Anja, sag, erinnerst du dich noch an die guten, alten Zeiten? An die Zeiten vor den WeltenRettern?", fragte Marisa fast tonlos.

„Aber klar doch, wie könnte ich unsere Kindheitstage nur vergessen?" Anja lachte, als sie daran dachte.

„An die rutschigen Steine zum Beispiel, an denen wir immer hochgeklettert sind, um dann in die Lagune am nördlichen Rand unseres kleinen Heimatdorfes zu springen", schwärmte sie.

„Ja genau, du in deinem geblümten Badeanzug mit dem Rüschensaum, dieses Teil hast du über alles geliebt", fügte Marisa hinzu.

„Oh, erinner mich nicht daran", lachte Anja.

Die beiden wussten nicht, wie lange sie in den Erinnerungen ihrer Kindheit schwelgten, aber es mussten mehrere Stunden gewesen sein, denn in der Zwischenzeit war die Sonne dem Mond gewichen und die Sterne waren am dunklen Nachthimmel erschienen.

Für gewöhnlich hatten die beiden die Zeit nicht mehr, um so lange in Erinnerungen zu schwelgen, doch heute schien es so, als wäre die Zeit um sie herum stehen geblieben. Sie lachten und redeten so ausgiebig wie seit Langem nicht mehr. Für gewöhnlich kamen nach kurzer Zeit die drei Kinder und nahmen ihre Mütter in Beschlag, nur heute nicht. Als hätten sie gespürt, dass sich ihre Welt verändern würde und ihre Mütter die kurze Zeit, die noch verblieb, brauchten, um ihre Zukunft zu klären.

Die Kinder spielten in Maries Zimmer. Am gestrigen Tage hatten sie gemeinsam mit ihren Müttern dort ein Fort errichtet, aus Decken und Stühlen.

Die Mütter waren einfach nur stolz auf ihre kleinen, großen Helden. Bis vor Kurzem wusste Anja zwar, dass Zoe und Alfred eine wichtige Rolle spielen würden, doch dass nun auch Marie Teil dieser Rolle sein würde, hatte sie ziemlich geschockt. Sie war froh, dass sie bei ihrer kleinen Maus bleiben durfte, doch auch sie musste Marie früher oder später einweihen.

Kapitel 5

„**Z**oe, was ist denn los mit dir?", fragte Marie. „Was soll denn sein, ich hab heute Nacht einfach schlecht geschlafen", meinte Zoe.

„Du weißt, dass das nicht stimmt, und zwar genauso gut wie ich, wir kennen uns zu lange, als dass du mir was vormachen kannst", meinte Marie.

„Nein, es ist wirklich nichts", beharrte Zoe.

In der Schule angekommen fiel Marie auf, dass Zoe die Nähe zu Alfred suchte. Den ganzen Tag tuschelten die beiden und keiner von beiden wollte ihr etwas erzählen. Das wurmte Marie.

„Du Tim, warte mal eben." Auch wenn Marie Tim nicht sonderlich gut leiden konnte, so wollte sie doch wenigstens wissen, ob er vielleicht mehr wusste als sie. Alfred erzählte ihm ja schließlich auch alles, also standen die Chancen gar nicht mal so schlecht. Tim blieb stehen.

„Was is?", fragte er.

„Hast du heute schon mit Alfred gesprochen?"

„Ne, aber den seh ich gleich beim Volleyball, er ist schon den ganzen Tag mit seiner Schwester unterwegs, ich hab das Gefühl, da ist was im Busch."

„Da könntest du Recht haben. Zoe war heute früh bei mir zuhause, aber sie konnte mir nicht sagen, was los war, meine Mutter hat zugehört, das ging gar nicht klar."

„Glaub ich dir, Mütter sind echt anstrengend und manchmal ziemlich anhänglich. Manche Gespräche sind privat, aber sie checken nicht, dass es auch bei ihren Kindern Privatsphäre gibt", argumentierte Tim.

„Ich weiß, schrecklich. Aber danke, du hast mir sehr geholfen." Marie zwang sich zum ersten Mal nicht zu einem Lächeln, wenn sie mit Tim sprach, heute kam es automatisch, vermutlich, weil sie sich sorgte.

„Kein Ding, bis später in Sport", sagte Tim, bevor er weiterging. Marie nickte, doch das sah Tim bereits nicht mehr. *Was war das, er konnte ja sogar Einfühlungsvermögen zeigen, das war neu,* dachte sich Marie.

„Wir müssen den Brief später suchen, gut möglich, dass da ein versteckter Hinweis drinsteht, was da gestern Nacht passiert ist", meinte Alfred.

Zoe strich sich über das Brandmal an ihrem Oberarm, natürlich ohne den Ärmel ihres Pullis dabei hochzuschieben. Sie wollte nicht, dass jemand mitbekam, worüber sie sich unterhielten. Es tat nicht mehr so weh wie in der Nacht, aber sie verstand es dennoch nicht. Was genau war das und wieso befand es sich auf ihrem linken Oberarm? Es war ein Zeichen, aber eins, welches sie noch nie zuvor gesehen hatte. Das Mädchen war tief in seinen Gedanken versunken, als es aus weiter Entfernung die Stimme seines Bruders wahrnahm.

„Erde an Zoe, bist du noch da?", hörte sie ihn fragen.

„Ja natürlich, oder hast du gesehen, dass ich mich unsichtbar gemacht habe?", lachte Zoe, als wäre nichts gewesen.

„Naja, du warst ziemlich in deinen Gedanken versunken, hast du überhaupt gehört, was ich erzählt habe?"

„Ehrlich gesagt nein." Sie senkte den Kopf.

„Ich habe gesagt, dass der Abschiedsbrief von Mama in der obersten Schublade in der Kommode im Esszimmer liegt. Das war doch der in dem hellblauen Umschlag, oder?"

„Ja, an die Farbe kann ich mich noch erinnern, nur damals war er auf dem Küchentisch, angelehnt an die Schachtel mit unseren liebsten Frühstücksflocken."

„Ach, stimmt ja. An dem Tag war es zum ersten Mal so still im Haus, das hatte ich lange Zeit verdrängt", seufzte Alfred. Zoe nahm ihn in den Arm, so standen sie da, bis die Pause zu Ende war.

5. Stunde – Sportunterricht.

„Der Lehrer kommt heute nicht mehr, wir können heim, der ist schon zehn Minuten über der Zeit", maulte ein Mädchen.

„Ich hasse es, wenn die Lehrer zwei Klassen zusammenlegen, ich mag unsere kleinen Gruppen viel lieber", nörgelte ein anderer Schüler.

„Ach, stellt euch nicht so an", erhob Tim das Wort.

„Du hast leicht reden, der Vertretungslehrer lässt uns sicher wieder ein Spiel wählen und da es viel mehr Jungs als Mädchen sind, schließt ihr euch doch eh wieder zusammen und wir spielen was, worin die Jungs viel besser sind, wie immer. Da ist es doch kein Wunder, dass so viele den Spaß am Sportunterricht verlieren", warf Zoe ein. Sie hatte keine Lust auf Sport. Sie hatte auf den ganzen heutigen Tag keine Lust. Nicht nur wegen ihres Brandmals, welches sie keinem zeigen wollte, sondern weil sie einfach heim wollte. Sie hatte einen schlechten Tag erwischt. Aber Sport in den letzten beiden Stunden fand sie heute besonders doof, sie wollte sich nicht mit den anderen Mädchen umziehen, sich nicht ihren Blicken aussetzen. Es war ihr unangenehm, dass die anderen ihr Brandmal sehen und sie aus der Gemeinschaft ausstoßen könnten. In ihrem Kopf spielten sich viele unglückliche Szenarien ab. Was war, wenn sie einer anrempelte, was, wenn sie vor Schmerz schrie oder noch viel schlimmer, was, wenn der Verursacher dessen sich dann mit ihr in einem Raum befunden hätte? Sie wollte einfach nur heim. Doch aktuell waren ihre ganzen Sorgen unbegründet, denn der Lehrer kam auch nach zwanzig Minuten noch immer nicht zum Unterricht.

War ihm etwas zugestoßen? Zoe begann sich zu sorgen, dies blieb auch Marie nicht verborgen.

„Magst du jetzt mit mir reden, ich merke doch, dass dich etwas bedrückt", wandte sich ihre beste Freundin an sie. Doch Zoe schüttelte nur eingeschüchtert den Kopf. Sie wollte nicht reden, nicht vor allen, jeder hier hätte es mitbekommen können.

„Heute Abend im Baumhaus." Das war das Einzige, was Zoe Marie sagte. Stillschweigend nahm Marie die Aussage hin, sie hätte auch nichts anderes tun können. Sie kannte Zoe gut genug, um zu wissen, dass, wenn sie reden wollte, sie auf sie zukam und nicht andersrum.

Endlich war die Schule vorbei und die Zwillinge waren auf dem Nachhauseweg. Sie stiegen gerade aus dem Schulbus, als Zoe im Augenwinkel erneut einen Schatten sah, sie stieß Alfred mit dem Ellbogen an, doch bevor dieser reagieren konnte, war der Schatten bereits wieder verschwunden.

„Lass uns endlich nach dem Brief schauen, ich bin mir sicher, irgendwas ist hier oberfaul", sagte Zoe mit skeptischem Blick.

Alfred schloss die Haustür auf und suchte nach dem Brief, schon nach kurzer Zeit hatte er ihn gefunden. Er faltete das Pergament auseinander, ganz vorsichtig, als hätte er Angst, es könnte bei kräftiger Berührung zu Staub zerfallen.

Weinet nicht um mich, auch wenn es euch schwerfallen wird. Wir werden uns wiedersehen, in einigen Jahren, in einer unbekannten Zukunft. Passt auf euch auf, denn ich muss euch jetzt verlassen, es ist der einzige Weg, euch zu schützen.

Ich liebe euch, meine kleinen Kämpfer, und vergesst nie, solange ihr mich in euren Herzen tragt, solange werde ich bei euch sein und über euch wachen.

In Liebe, Mama

Zoe las den Brief mehrere Male leise für sich durch. Sie suchte in den Zeilen ihrer Mutter nach Hinweisen, doch dem Anschein nach fand sie keine.

„Zoe, was genau suchst du?", fragte Alfred sie.

„Na, Hinweise, sagte ich doch schon, ich will wissen, woher das Brandmal kommt. Schau es dir doch mal an, es sieht komisch aus, nicht wie eine Wunde, mehr wie ein Bild", sprach sie nachdenklich.

Und tatsächlich, als Alfred es genauer in Augenschein nahm, erkannte auch er, dass es irgendwie seltsam aussah.

„Das ist wirklich ein Zeichen, ich hab sowas Ähnliches schon mal gesehen", dachte Alfred laut nach.

„Ja? Wo denn?", fragte Zoe ungläubig.

„Am Baum im Garten von Marie, da ist es in den Stamm geritzt", sprach der Junge.

Zoe schloss die Augen, sie dachte ganz angestrengt an Marie, ihr Baumhaus und den Baum, auf dem es stand, doch egal, wie sehr sie versuchte, sich auf den Stamm des Baumes zu konzentrieren, sie konnte ihn sich nicht genau vorstellen. Was war bloß los mit ihr, irgendetwas stimmte nicht mit ihr, das spürte sie. Zoe begann zu weinen.

„Alfred, ich vermisse Mama so sehr.“

„Ich auch, aber wir müssen stark bleiben, für sie.“

„Ich weiß, aber etwas verändert sich, ich kann gar nicht mehr richtig auf meine Erinnerungen zugreifen, ich hatte doch noch nie Probleme damit, mir Dinge zu merken.“

„Das ist wirklich seltsam und gruselig. Zoe, du machst mir Angst.“ Alfred sprach nach kurzer Pause mit zittriger Stimme weiter.

„Denkst du, Mama wird wirklich zu uns zurückkommen, ich meine, sie hatte es uns in ihrem Brief versprochen und ihr Versprechen muss sie doch halten.“

„Klar kommt sie wieder, das spüre ich in meinem Herzen. Du Alfred, was, denkst du, hat sie damit gemeint, als sie geschrieben hat, dass es der einzige Weg gewesen war, um uns zu beschützen?“ Zoe wurde nachdenklich.

„Ich weiß nicht, aber ich hab da so ein Gefühl, dass wir es bald herausfinden werden. Aber irgendwie ist es gleichzeitig kein gutes Gefühl, auch wenn ich denke, dass wir Mama schon früher wiedersehen werden, als wir heute denken.“

Eine Kälte breitete sich im Raum aus und eine Windböe wirbelte die Haare der Zwillinge durch. Die Kinder blickten einander an.

„Mama“, sagten sie zeitgleich und sahen sich im Raum um, doch so schnell Kälte und Wind gekommen waren, so schnell waren sie bereits wieder verschwunden, genauso wie der Brief.

Kapitel 6

„Hallo, ihr Süßen, wer seid denn ihr?", fragte Anja, als sie in den Kinderwagen ihrer besten Freundin sah. Die Zwillinge verbargen ihr Gesicht vor der fremden Frau und begannen, vor Aufregung schneller und lauter zu atmen, als stünden sie kurz davor, zu weinen.

„Ist schon gut, alles ist gut", beruhigte Marisa ihre Babys.

„Das, meine Liebe, sind Zoe und Alfred", sprach Marisa weiter und deutete von der einen zum anderen. Sie streichelte sanft über die kleinen Köpfchen ihrer Kinder und die beiden beruhigten sich sogleich.

„Die zwei sind mehr als nur süß, ich hoffe, dass es meine kleine Marie auch gut auf dem Weg zu uns schafft", sprach Anja ganz sanft und strich sorgsam über ihren Babybauch.

Anja war in den letzten Tagen ihrer Schwangerschaft und ihre Vorfreude stieg mit jedem neuen Tag. Sie hatte keine Angst vor schlaflosen Nächten, vollen Windeln oder bleibendem Babyspeck. Es grenzte an ein Wunder, dass sie doch noch schwanger geworden war und bald ihre Tochter im Arm halten würde. Sie hoffte inständig, dass die Kleine gesund sein würde, doch sie war sich sicher, egal, was wäre, ihr Kind würde eine Kämpferin sein. Wie sehr sie mit diesem Gedankengang Recht haben würde, wusste sie zu dieser Zeit noch nicht, denn das Unglaubliche erfuhr Anja erst an ihrem vierzigsten Geburtstag, drei Jahre später.

„Mach dir keine Sorgen, es wird alles gut gehen", hörte Anja Marisa sagen. Anja nickte und als hätte Marie das Gespräch der Mütter gehört, trat sie, um ihrer Mama zu zeigen, dass Marisa Recht hatte.

„Die zwei sehen genauso aus wie du, denkst du, sie haben das gleiche Schicksal?", sprach Anja.

„Bisher habe ich nichts vom Rat gehört, noch habe ich die Hoffnung, dass nicht, sie sollen eine ganz normale Kindheit haben, normal aufwachsen, ohne das alles. Ich will nicht, dass es ihnen genauso ergeht wie mir damals."

Marisa wandte den Blick von ihrer besten Freundin ab. Sie strich sich mit der linken Hand am rechten Oberarm entlang, es war für sie immer noch spürbar, auch wenn die Zeit ihre Wunde längst geheilt hatte.

„Du spürst es, richtig?"

Doch Marisa schwieg. Für Anja war dies Antwort genug.

„Maaaaamaaaaaa!", rief es aus dem Flur. Anja drehte den Kopf in die Richtung, aus der die glasklare Stimme ihrer Tochter gekommen war.

„Hallo, mein Schatz, wie war's heute in der Schule?", fragte Anja ihre Tochter.

Marie stellte mittlerweile ihren Schulranzen, wie jeden Tag, auf der zweiten Treppenstufe ab. Den Sportbeutel legte sie daneben. Ihre rosaroten Halbstiefel zog sie achtsam aus und stellte sie liebevoll neben die Haustür. Marie liebte die Schuhe, die sie vor ihrer Mama bekommen hatte, als sie auf die neue Schule gekommen war.

„Alles war gut, alle waren nett und wir hatten heute keinen Sportunterricht", plapperte sie drauf los, als sie die Küche betrat, in der ihre Mutter bereits auf sie wartete.

Anja war gerade dabei gewesen, das Mittagessen zu kochen, heute gab es ausnahmsweise mal Spaghetti mit Tomatensoße. Anja legte großen Wert auf eine gesunde und ausgewogene Ernährung, denn sie wollte keinesfalls, dass Marie aufgrund von Übergewicht mal den Spaß und die Freude am Leben verlieren würde.

„Wie, der Sportunterricht ist ausgefallen?"

„Ja, der Lehrer war heute krank und seine Vertretung kam erst gar nicht, die Frau Direktorin hat uns dann unser Klassenzimmer aufgeschlossen und mit uns an unseren Kunstprojekten weitergemacht. Das war richtig cool, ich hatte heute eh keine Lust auf Sport." Das Mädchen zuckte mit den Schultern, woraufhin seine Mutter eine Augenbraue hochzog und ihre Tochter stumm zum Weiterreden aufforderte. Marie stöhnte.

„Ja, auf dem Vertretungsplan stand, dass zwei Klassen für die Zeit des Sportunterrichts zusammengelegt werden mussten und unsere Klasse hat Besuch von der von Alfred bekommen. Da sind so viele Jungs drin und Vertretungslehrer lassen uns Kinder immer entscheiden, was wir machen wollen, da ist es doch klar, dass wieder Fußball kommt, und das mag ich nicht. Die kicken den Ball immer so fest, dass es weh tut, das macht dann einfach keinen Spaß." Marie seufzte.

„Mama, darf ich vor dem Essen nochmal schnell in mein Zimmer, ich hab da heute früh was vergessen?"

„Klar, mein Schatz, das Essen braucht sowieso noch zehn Minuten." Anja lächelte ihre Tochter an. Sie konnte ihr doch keinen Wunsch abschlagen, ganz im Gegensatz zu ihrem Mann. Er war der strenge Part in ihrer Beziehung und der Erziehung ihrer Tochter, auch wenn er wegen seiner Arbeit selten zuhause war.

Das Mädchen schenkte seiner Mama einen schnellen Kuss und ein glückliches Funkeln in den Augen.

Marie stürmte die Treppe zu ihrem Zimmer hoch. Mit einem lauten Knall flog ihre Zimmertür auf.

Mist, zu viel Schwung, dachte sie und kniff die Augen ein Stück weit zusammen.

„Tschuldigung!", rief sie die Treppe hinab zu ihrer Mutter.

Ihr Vater war nicht da, das bedeutete kein Ärger, aber es war ja eh keine Absicht gewesen.

„Wo ist sie denn … Ich hab sie doch hierhin gelegt …", sprach sie leise zu sich selbst.

Marie wollte noch ein paar Dinge holen für das Treffen mit Zoe später. Doch sie konnte ihre Taschenlampe nicht finden, sie hatte das Ding in die Schublade ganz oben in ihrem Kleiderschrank gelegt, doch da war sie nicht. Ihr Blick wanderte durch ihr Zimmer. Schreibtisch, nein, Boden, nein, Bett, nein. Wo konnte sie nur sein, und auch ihr Teddy war weg. Ohne ihn traute sie sich im Dunkeln nicht raus, er beschützte sie. Ihr Teddy hatte ein rotes Herz auf seiner Brust, immer, wenn sie Angst hatte, begann dieses zu leuchten. Schon, als sie ganz klein war, war ihr

Teddy immer mit dabei gewesen, er war ihr bester Freund, bevor sie Zoe kennenlernte.

Sie suchte jede Ecke ihres Zimmers ab, dann warf sie sich mit dem Rücken zuerst auf ihr Bett. Das konnte einfach nicht wahr sein, wieso fand sie nie etwas, wenn sie es suchte? Plötzlich spürte sie etwas Hartes in ihrem Rücken, sie griff danach und hatte ihre Taschenlampe in der Hand, die, die sie gesucht hatte, die mit den grünen Punkten drauf. Ganz perplex starrte sie an die Decke, wo kam die plötzlich her, sie hatte doch überall gesucht.

Maries Augen weiteten sich und sie konnte einen leisen Schrei nicht unterdrücken. Voll Panik sprang das Mädchen vom Bett auf. Sie hatte ihren Teddy gefunden, aber er hatte einen Zettel um den Hals und kam aus dem Nichts heraus auf sie zugeflogen, so als hätte ihn jemand nach ihr geworfen.

Marie sprang Richtung Tür, doch ihr Teddy blieb reglos auf dem Bett liegen. Sie hatte eine lebhafte Fantasie, das hatte Mama ihr immer gesagt, aber sie war der festen Überzeugung, sich das gerade nicht eingebildet zu haben. Schwer atmend ging sie langsam zu Teddy hin und stupste ihn mit einem Bleistift, den sie sich aus ihrem Federmäppchen geholt hatte, an. Keine Reaktion. Sie nahm ihn hoch, doch der Zettel war vom Hals ihres Bären verschwunden.

„Was passiert hier?", sprach sie kaum hörbar leise.

Immer noch unter Schock, verließ sie ihr Zimmer. Sie hatte noch ein paar Sachen mehr in einen Rucksack gepackt, den sie nach dem Essen in ihr Baumhaus bringen wollte, unter anderem auch eine Decke, denn die Nacht versprach, kalt zu werden.

Kapitel 7

Ihr müsst Acht geben, sie sind wertvoller als alles, was ihr jemals zu Gesicht bekommen werdet. Wertvoller als die Wächter, gefährlicher als die Krieger, eine universale Waffe für den, dessen Seite sie sich anschließen werden.

Diese Stimme, sie klang so sanft wie eine Umarmung, doch Wilhelm Bött wusste genau, dass sie es nicht war. Es war eine Warnung, die Geisterwelt schickte ihm inzwischen fast jede Nacht eine. Es raubte ihm den Schlaf und er konnte sich kaum noch auf seine Aufgabe fokussieren. Er war dazu auserwählt worden, den jungen Alfred zu behüten, doch wie sollte er dieser Aufgabe komplett übermüdet gerecht werden?

Er setzte sich in seinem gestreiften Pyjama in seinem Bett auf und hielt sich die Hände vors Gesicht.

„Helft mir, ich bin mir meiner Pflicht doch bewusst, aber wieso zum Geier müsst ihr mir den Schlaf rauben? Ich weiß, die Prüfung ist hart", sprach er, den Blick in Richtung Zimmerdecke gerichtet. Wilhelm wusste zwar genau, dass die Geister, die zu ihm sprachen, nicht dort oben waren, sondern sich unter die ganz normalen Bürger gemischt hatten, dennoch hoffte er auf Erlösung von oben. In den zehn Monaten seiner Ausbildung bei den Wächtern war er gelehrt worden, den Geistern Folge zu leisten. Dies hatte oberste Priorität, denn nur sie sahen die Zukunft, bevor sie sich erbaute. Nur die Geister konnten den Fluss der Zeit verändern und auch nur ihnen war es möglich, mit denen in Kontakt zu treten, die von den Wächtern und dem Rat mit Aufgaben beauftragt wurden, die die Menschenwelt nicht verstehen konnten.

Wilhelm wurde seinerzeit vom Geiste seines Vaters besucht. Er hatte ihn im Schlaf aufgesucht und ihm alles erzählt, er hatte ihm auch berichtet, was mit Marisa geschehen würde, sollte sie sich verweigern.

Zuerst hatte der Mann Mitte dreißig gedacht, er habe dies geträumt, was auch plausibel gewesen war, doch schon einige Tage später erhielt er erneut Besuch. Er brauchte nicht lange, um zu verstehen, dass auch sein Vater ein Teil dieser ihm so fernen Welt gewesen sein musste, wie sonst hätte er dies alles wissen können? Er war es auch, der ihn in Kontakt mit Marisa gebracht hatte.

Sie hatte ihm die ganze Geschichte ohne Murren geglaubt, wenn auch widerwillig, das sah er in ihren Augen. Es musste der blanke Horror für sie gewesen sein, von ihren Kindern getrennt zu werden, doch was hatte sie denn für eine Wahl? Sie wusste, sie wären nicht für immer fort. In ihm zerbrach an diesem Tage ein Teil seiner Seele. Er selbst hatte keine Kinder und doch wurden die Kinder von Marisa an diesem Tag ein Teil seines Lebens. Bis heute verstand er jedoch nicht, wieso ausgerechnet er für das Wohl der Erde zuständig sein sollte.

Früher war er ein einfacher Buchhalter aus Berlin gewesen, bis zu jenem Tag, an dem sich sein Leben schlagartig verändert hatte. Vor fünf Jahren hatte der heutige Lehrer einen schweren Verkehrsunfall, bei dem sein Vater verstorben war. Lange Zeit hatte er das Gefühl gehabt, dass er nicht allein durchs Leben ging, sondern ständig begleitet wurde. Er war nicht mehr allein, er wusste, wenn er nur fest genug daran glaubte, dann wäre sein Vater noch bei ihm. Vor zwei Jahren kam dann der Schock, er bekam eine Nachricht von ihm. Gerade, als er aus der Dusche kam, hauchte die Stimme seines verstorbenen Vaters ihm liebe Worte ins Ohr: „Ich bin bei dir, wage den Schritt, ich liebe dich."

Immer öfter hatte er seit diesem Tage die Stimme seines Vaters in den Ohren, immer vernahm er andere Worte, mal „Wach auf, mein Junge!", dann „Ein einziger Schritt und alles wird anders" oder „Ergreife die Chance auf dein neues Leben." Ihm war klar gewesen, dass sein Vater ihn leitete und er ließ es bereitwillig zu. Eines Tages hatte er dann die Stellenausschreibung in der Zeitung gefunden, sie stach leuchtend aus den Zeilen hervor.

Es wurden Lehrkräfte gesucht, doch es stand nur eine Telefonnummer, weitere Angaben fehlten komplett. Einen Versuch war es Wilhelm allemal wert, denn sein Job in der Buchhaltung erfüllte ihn längst nicht mehr. Mit dem Finger seiner linken Hand fuhr er damals über die Zahlen in der Anzeige, mit Rechts wählte er die Ziffern auf seinem Telefon.

Es musste eine magische Verbindung gegeben haben, denn als er einen Wimpernschlag später seine Augen wieder öffnete, war er nicht mehr zuhause, nein, er stand in einem Büro. Dort hatte ihn eine junge Frau angelächelt.

„Vielen Dank für Ihren Anruf, setzen Sie sich bitte", hatte sie gesagt.

Ohne irgendwelche Vorahnungen ließ er sich auf dem himmelblauen Sessel nieder.

Wo war er, hatte er sich gefragt. Er war abwesend, so fasziniert war er von der neuen Umgebung. Was ging hier vor sich?

„Guten Tag, Wilhelm, ich habe Sie schon erwartet", sprach ihn nun eine andere Dame an.

Wo war die junge Frau hin verschwunden? Er blickte sich um, doch niemand sonst war da.

„Sei unbesorgt, meine Sekretärin hat ihren Platz außerhalb dieser Räumlichkeiten. Die Dinge, die sich hier abspielen, gehen die Außenstehenden nichts an", fuhr die Dame fort.

„Wo bin ich hier und wie bin ich überhaupt hier gelandet und was …"

„Schweig still", sagte sie ruhig. „Du bist hier, weil du es wolltest. Nicht ich habe dich hergeführt, das warst du allein, du hast die Kräfte deines Vaters übernommen, als er starb. Auch ein Glas Wasser?", fragte sie freundlich, doch Wilhelm winkte ab.

„Okay, fahren wir fort. Ich heiße Marx und bin die oberste Rätin der Wächter von Synovrom. Dein Vater, er hat schon längere Zeit versucht, mit dir in Kontakt zu treten, doch unsere Schleuse war zu schwach. Jetzt, da Pablo die Füße stillhält, haben wir ein kleines Zeitfenster. Ich werde dich in deine Aufgaben einweisen, dich persönlich ausbilden. Wir werden an der gleichen Schule arbeiten, auf dasselbe Ziel hinaus."

Bött nickte, er wollte sich ihr nicht verweigern, er war durch das Portal zu ihr gelangt und hatte damit seine Aufgabe angenommen.

Ein Beschützer sollte er sein, er hatte Kräfte und konnte mit der Geisterwelt in Kontakt treten. Das alles war ihm noch fremd, doch seine Ausbildung verlief problemlos und ohne Zwischenfälle.

„Herr Bött bitte ins Sekretariat", erklang die sanfte Frauenstimme der Direktorin über die Lautsprecher der Schule.

Was war denn nun schon wieder?, dachte er sich, während er bereits aufstand und seinen Unterricht unterbrechen musste.

„Kinder, ich bin in wenigen Minuten zurück", sprach er an die Klasse gewandt.

Genervt lief er den Flur entlang bis zum Sekretariat, welches fast am Ende lag. Das Direktorat war ganz hinten.

„Folgen Sie mir unauffällig", sprach Marx. Gesagt, getan.

Zusammen gingen sie ins Direktorat, Marx ging um ihren wuchtigen Eichenholzschreibtisch herum und öffnete die zweite Schublade. Gespannt blickte er hinein, aber das Fach war leer. Irritiert blickte er die Rektorin an. „Abwarten", sagte diese.

Eine leuchtende Kugel begann sich zu bilden. „Abgefahren!", entwich es seiner Kehle.

„Schauen Sie genau hin, das ist die Zukunft zum aktuellen Zeitpunkt. Es ist noch zu früh, die Kinder sind noch nicht so weit. Ihnen fehlen noch sieben Monate, erst dann sind sie in der Lage, auf die vollen Kräfte zuzugreifen. Sehen Sie das?" Marx deutete auf die Schatten.

„Sie bereiten sich vor, das müssen wir verhindern."

Kapitel 8

Zoe kniff das linke Auge zu, als sie sich zu später Stunde aus dem Haus schlich. Alfred sollte nicht mitbekommen, dass sie für ein geheimes Gespräch mit Marie verschwand. Irgendwie hatte sie ein ungutes Gefühl, ihrem Bruder nichts von ihrem Vorhaben erzählt zu haben, aber es war zu seinem eigenen Schutz. In der Nacht, bevor sie durch den stechenden Schmerz des Brandmales geweckt worden war, hatte sie einen Traum gehabt, einen Traum, von dem sie ihrem Bruder noch nichts erzählt hatte. Er hatte von ihnen beiden gehandelt, doch bevor sie mit Alfred darüber sprach, würde sie mit Marie reden. Klar ging sie die ganze Geschichte eigentlich nichts an, aber sie war ihre beste Freundin und wer weiß, womöglich hatte sie einen Rat für sie.

Die Tür fiel fast geräuschlos ins Schloss. Zoe überprüfte nochmals, ob sie auch wirklich alles Nötige hatte.

„Alles da", flüsterte sie in die Nacht. Noch immer hielt sie den Knauf der Haustür mit ihren Fingern umschlossen und blickte dabei in den Himmel hinauf. Es war eine sternenklare Nacht und der in zwei Tagen zu erwartende Vollmond erhellte die Dunkelheit bereits jetzt.

Mit sicheren Schritten steuerte Zoe den Garten ihrer besten Freundin an. Doch sie hatte wie so oft in den vergangenen Tagen das Gefühl, nicht allein zu sein. Sie fühlte sich beobachtet, doch sie konnte mal wieder keinen entdecken, was in der Dunkelheit, die sie umgab, auch ziemlich schwer gewesen wäre.

„Das ist wirklich ein Zeichen, ich hab sowas Ähnliches schon mal gesehen."

„Ja? Wo denn?"

„In dem Baum im Garten von Marie, da ist es in den Stamm geritzt."

Zoe dachte an das Gespräch, welches sie mit Alfred in der Nacht gehabt hatte. Abermals strich sie sanft über ihren verletzten Arm.

Inzwischen tat die Wunde kaum noch weh. Ohne ihr Ziel aus den Augen zu verlieren ging Zoe zielstrebig weiter.

Der Garten ihrer besten Freundin war groß, doch heute Nacht erschien er ihr größer als sonst. Zoe hatte das Gefühl, dass sie schon eine halbe Ewigkeit unterwegs war. Sie näherte sich zwar dem Baumhaus und doch hatte sie das Gefühl, immer auf derselben Stelle zu treten, als käme sie nicht voran, so als würde sie von einer unsichtbaren Macht am Fortschreiten gehalten. In Zoe wallte eine leichte Panik auf, irgendwas stimmte hier nicht, aber sie wusste nicht, was. Der Baum verschwand nun ganz aus ihrem Sichtfeld und auch das Haus von Anja und Marie war kaum noch zu erkennen. Sie war in einem Tunnel, in einem Tunnel aus Erinnerungen. Hohe Wände waren um sie herum gewachsen und schlossen das Mädchen ein. Ihre Panik wurde immer größer und nun waren auch ihre Pupillen stark geweitet. Zoe blickte sich um, doch außer Dunkelheit konnte sie nichts mehr erkennen. Ein tiefes Schwarz umfing sie, die Kälte der Nacht zehrte an ihren Kräften. Zoe fühlte sich ausgekühlt und leer, sie wusste nicht mehr, wo sie war, geschweige denn, was sie hier draußen wollte. Ihr Kopf war leer, keine Erinnerung an früher war mehr abrufbar. Ihre Augen wurden so schwer, so schwer, dass sie diese kaum noch offenhalten konnte. Der Drang nach Schlaf war kaum noch zu unterdrücken, doch sie wusste, dass sie eigentlich etwas vorgehabt hatte. Es musste doch einen Grund gegeben haben, wieso sie nach draußen gegangen war. Zoe blickte sich verschlafen um, langsam drehte sie ihren Kopf. Es war eine blöde Idee gewesen, wurde ihr schlagartig bewusst, denn nun drehte sich die Dunkelheit um sie herum, alles drehte sich und Zoe wurde schlecht.

So plötzlich, wie die Dunkelheit gekommen war, war sie auch wieder verschwunden. Zoe blinzelte, erst nach dem dritten Blinzeln erkannte sie, wo sie war. Sie stand im Garten der Rayees. Abermals blinzelte sie in die Nacht, es war heller geworden und sie sah die Welt um sich herum wieder klar. Alles war beim Alten und ihr fehlten nur noch etwa zehn Schritte bis zu Maries Baumhaus. Oben sah Zoe schwaches Licht durch das Fenster der Holzhütte scheinen und wusste sofort wieder, wieso sie hier war.

Sie lief weiter und als sie am Baum angekommen war, an dessen Stamm eine Strickleiter herabbaumelte, sah sie es, das Zeichen, welches in ihren Oberarm gebrannt war.

„Ich habe sie erreicht, sie ist beeinflussbar, genau, wie du es mir gesagt hattest", sprach eine junge männliche Stimme.

„Ich wusste es, sie sind nicht vollkommen", sprach ein Mann mit tiefer, rauer Stimme.

„Und was genau willst du von dem Mädchen?", fragte der Junge.

„Ich will sie, lebendig, hier", sprach der Mann barsch.

„Aber wieso sie, es gibt doch so viele dort unten, was hat sie, was die anderen nicht haben?", wollte der Junge nun noch dringender wissen.

„Und wieso kann sie mich nicht sehen, wenn ich in ihrer Nähe bin?", fragte er weiter.

„Genug der Fragen! Die Antworten wirst du früh genug bekommen. Beobachte sie weiter, in Kürze wirst du Antworten auf all deine Fragen erhalten."

„Aber …", begann der Junge leise.

„Kein aber und nun geh", waren die letzten, harten Worte des Mannes.

Der Junge gehorchte, er senkte den Kopf und verschwand.

„Zoe Aminati, ich werde dich dazu bekommen, dich uns anzuschließen. Dieses Mal wird es uns gelingen, einen Auserwählten der WeltenRetter auf die Seite des Bösen zu holen und seine Kräfte für unsere Vorhaben zu nutzen", sprach der ältere Mann in den Raum hinein. Es war keiner sonst anwesend, er sprach es zu sich und dabei war er derart überzeugt, dass sich ein hämisches Grinsen auf sein Gesicht schlich. Er rieb seine Hände, aber nicht so, als wäre ihm kalt, nein, im Gegenteil, es verlieh seiner Aussage nur noch mehr Kraft und Unheil.

Er drehte sich um und sein Umhang flatterte bedrohlich unter seiner Bewegung, ein schauriges Lachen hallte durch den Raum, bevor auch er verschwand und nur einen dunklen Nebel hinterließ.

Kapitel 9

Zoe griff mit den Händen zögerlich nach den Sprossen der Strickleiter. Dabei beobachtete sie das Zeichen im Baum. Ihr war sichtbar unwohl, sie war ganz blass und zittrig. Sie musste auch das, was sie eben erlebt hatte, unbedingt Marie erzählen. Doch würde ihre beste Freundin ihr diese Geschichte glauben? Sie musste sie doch so langsam für verrückt erklären. Den Blick nach oben gerichtet kletterte sie weiter. Sie durfte gar nicht an das Negative denken, Mama hatte ihnen beigebracht, nur die positiven Gedanken zuzulassen, um sich selbst zu schützen. Selten hatte Zoe so oft an ihre Mama gedacht wie in der letzten Woche. Irgendetwas in ihrem Kopf hatte sie dazu bewogen, sich an immer mehr Details aus ihrer Kindheit zu erinnern. Normale Kinder, die ihre Eltern noch hatten, konnten sich bestimmt nicht an so frühe Abschnitte ihres Lebens erinnern, doch sie konnte es und Alfred auch. Zoe lächelte, denn sie sah vor ihrem inneren Auge ihre Mama. Sie trug ein bodenlanges, roséfarbenes Kleid. Es umschmeichelte ihren schlanken Körper. Ihre Mutter war groß gewesen, um die ein Meter achtzig, sie hatte schulterlanges, gelocktes, blondes Haar gehabt und trug stets eine Feder in diesem. Sie hatte dieses Kleid über alles geliebt und so oft es nur ging getragen, besonders im Sommer sahen die Zwillinge ihre Mutter in diesem Kleid. Oft hatte Zoe ihre Mama dabei beobachtet, wie sie gedankenversunken über den Stoff des Kleides fuhr, als hätte dieser etwas Magisches an sich.

Das Mädchen hielt inne, es hatte Bilder im Kopf, die es schwelgen ließen. Sie sah ihre Mutter und sich als kleines Kind. Mama hatte sie im Arm und tanzte mit ihr durch die vielen Gänseblümchen in ihrem Garten. Als Zoe noch ganz klein war, hatte sie diese immer für ihre Mama gepflückt und ihr ganz tapsig gebracht. Doch immer, wenn sie dies gemacht hatte, hatte ihre Mutter zwar gelächelt, doch zeitgleich wurden ihre Augen ganz glasig. Früher war ihr das nie aufgefallen, doch heute, als sie die

Erinnerungen sah, konnte sie es genau erkennen. Was hatte ihre Mutter nur damals so bedrückt, dass sie in den schönen Momenten mit ihren Kindern immer traurig zu sein schien? Zoe atmete tief ein und vertrieb den Gedanken aus ihrem Kopf. Sie musste einen klaren Kopf bewahren und durfte nicht vergessen, wieso sie hier war.

Das Brandmal, darum ging es heute. Es begann zu brennen, schon als Zoe den Fuß auf die erste Sprosse gestellt hatte, hatte es sich bemerkbar gemacht. Das Brennen wurde mit jeder Sprosse, die sie erklomm, intensiver, als wollte es ihr etwas mitteilen, doch Zoe war darauf bedacht, oben anzukommen und das, ohne vorher abzustürzen.

Zoe krabbelte durch die Aussparung im Boden. Die Eltern von Marie hatten dieses Baumhaus damals für die Ewigkeit gebaut. Es war groß, viel zu groß, als dass Marie hätte jemals zu groß dafür werden können, denn so groß hätte das Mädchen niemals wachsen können. Auch ein Balkon umgab das Häuschen. Es war alles ganz filigran gearbeitet, viele kleine Details zierten das Baumhaus, sowohl von außen als auch von innen. Zoe schritt langsam am Balkon entlang und fuhr dabei mit ihren Fingern über die vielen kleinen Verzierungen am Geländer. Einige davon hatten die Mädchen im Laufe der letzten Jahre selbst angebracht. Zoe stockte und blinzelte zweimal. Sie wollte ihren Augen nicht trauen, als sie es sah. Das Zeichen, wie war es hier hochgekommen? Es war ihr bislang nie aufgefallen, aber vielleicht hatte sie die ganzen Verzierungen auch einfach noch nie so genau betrachtet wie heute. Das schwache Licht, welches aus dem Inneren des Baumhauses strahlte, genügte ihr völlig, um auch jedes noch so kleine Detail ganz deutlich erkennen zu können. Zoe schüttelte den Kopf, das konnte doch kein Zufall sein, doch sie wollte jetzt keinen weiteren Gedanken an dieses Ding, was auch immer es darstellen sollte, verschwenden.

Das Mädchen öffnete langsam die Tür, hinter welcher Marie schon auf es wartete. Ihre beste Freundin blickte sie an, sie beäugte sie ganz genau.

„So, erzähl!", forderte Marie sie auf.

Zoe trat ein und schloss die Tür hinter sich. Noch stand sie und blickte auf Marie hinab. Diese wartete gespannt auf das, was ihre beste Freundin ihr zu erzählen hatte. Zoe jedoch mache keine Anstalten, auch nur einen einzigen Ton über ihre Lippen kommen zu lassen. Sie tigerte um Marie herum, wusste nicht, wie sie beginnen sollte.

„Man, Zoe, hör auf damit, du machst mir echt Angst, außerdem wird mir schwindlig, wenn ich dir zusehe, wie du dauernd nur im Kreis um mich herumläufst", fuhr Marie sie an. Zoe senkte die Hand, mit der sie sich permanent im Gesicht rumfuchtelte.

Das Mädchen setzte sich zu Marie, nahm einen Teil der Decke und kuschelte sich zu seiner besten Freundin.

„Marie, du wirst nicht glauben, was mir passiert ist", begann Zoe. Maries Blick war gespannt und ihre Augen begannen zu leuchten, denn sie liebte es, diese vertrauten Gespräche mit ihrer besten Freundin zu führen.

„Zoe, was ist, du weißt, ich höre dir immer zu und egal, was es auch ist, ich stehe immer zu dir. Es muss ja was Schlimmes sein, wenn du es mir erst jetzt erzählen willst", sprach Marie, doch Zoe war sich dessen nicht ganz sicher. Wollte sie es Marie wirklich erzählen, oder musste sie es tun, um ihrer Seele Frieden zu schenken, zumindest für eine kurze Zeit?

„Okay, ich zeig's dir", sprach Zoe fast tonlos.

Sie krempelte langsam den Ärmel ihres verletzten Armes hoch, dabei war sie mit jeder Bewegung bedacht, dass Marie das Brandmal erst sehen konnte, sobald sie es völlig freigelegt hatte.

„Hier", sprach sie eingeschüchtert und hielt Marie ihren Unterarm hin.

Maries Pupillen sprangen von rechts nach links, von oben nach unten, sie glitten förmlich über Zoes Arm, was ihr sichtbar unangenehm war. Dann wanderte Maries Blick zu Zoe und im nächsten Augenblick wieder auf das Brandmal. Zoe kam es vor wie eine halbe Ewigkeit, in der ihre beste Freundin sie so beäugte.

„Was hast du da gemacht, das sieht richtig schmerzhaft aus und zeitgleich nicht so, als hättest du dich verletzt", sprach Marie, in deren Stimme ein Schwall Verwirrung mitschwang.

„Ich habe nichts gemacht", sprach Zoe geknickt. Sie wandte den Kopf ab und schob sich den Ärmel wieder runter. Mit ihren Fingern hielt sie das Ende ihres Pulloverärmels fest, um zu verhindern, dass Marie diesen wieder hochschob. Zoe hielt den Blick gesenkt. Sie hatte es gewusst, es war falsch gewesen, Marie davon zu erzählen. Sie konnte das Brennen von Maries Blick in ihrem Rücken spüren. Marie war schon immer hartnäckig gewesen, wenn sie etwas wissen wollte. Schon, als die beiden noch kleine Kinder gewesen waren, spürte Zoe die Blicke von Marie. Es war wie eine innere Verbindung zwischen den beiden, eine Verbindung, die sie für immer und ewig zusammenhalten ließ.

Zoe spürte eine eisige Kälte in sich hinaufsteigen, eine Kälte, die sie zittern ließ. Da sie immer noch an ihre beste Freundin gekuschelt unter der grauen, flauschigen Decke saß, spürte auch Marie, dass mit Zoe etwas nicht stimmte. Die letzten paar Minuten hatten die Mädchen einander angeschwiegen. Zu groß war Zoes Angst, Marie mehr von jener Nacht zu erzählen, doch in ihrem Herzen spürte sie, dass sie es ihr früher oder später erzählen musste.

„Marie", begann Zoe leise, den Kopf aber immer noch gesenkt. Marie sah sie an, sie hatte ihre Körperbewegung unter der Decke genau gespürt, doch sie sprach keinen Ton. Hätte sie nicht schon vor einiger Zeit einen Arm um sie gelegt, hätte sie denken können, dass sie ganz allein im Baumhaus gewesen wäre.

Die Wärme, welche ihre beste Freundin ausstrahlte, tat Zoe gut, langsam aber sicher vertrieb sie die zuvor in ihr aufgestiegene Kälte. Eine wohlige Wärme breitete sich in Zoes Körper aus, doch sie kam nicht von außen, im Gegenteil, sie kam von innen. Dem Mädchen wurde warm ums Herz, diesen Effekt hatten nur zwei Personen auf Zoe gehabt, Marie und ihre so sehr geliebte Mama. Zoe stiegen Tränen in die Augen, doch noch bevor die erste sich aus ihren Augen stehlen konnte, hörte sie in der Ferne eine Stimme.

„Mein Engel mit Flügeln, lass dich nicht unterkriegen, du bist stark, zeig ihnen, was wirklich in dir steckt." Zum ersten Mal seit einer gefühlten Ewigkeit öffnete Zoe ihre Augen und hob den Kopf. Die Stimme war ihr so vertraut gewesen, denn sie gehörte ihrer Mutter. Doch als sie aufsah, war außer ihr niemand mehr im Inneren des Baumhauses. Selbst Marie saß nicht mehr neben ihr. Wie konnte das sein, vor wenigen Augenblicken hatte sie doch noch ihre Wärme gespürt, sie saß doch mit ihr unter der Decke.

„Wo ist die Decke?", entfuhr es Zoe. Sie stand ruckartig auf und drehte sich um die eigene Achse. Wo war sie? Das hier war ein Baumhaus, ja, aber nicht das, in das sie zuvor gestiegen war. Hier war es düster, nicht im Sinne von dunkel, sondern vielmehr im Sinne von unheimlich.

Im schummrigen Licht der kleinen Lampe erkannte sie plötzlich die Umrisse einer Gestalt. Unbewusst machte sie zwei Schritte zurück, aber nur, um zu bemerken, dass sie bereits mit dem Rücken zur Wand stand.

„Hallo Zoe", ertönte eine sanfte Stimme.

Die Person hatte auf die Bewegung des Mädchens reagiert, denn als dieses den Rückzug antrat, war diese etwas näher ins Licht getreten und hatte sich zu erkennen gegeben.

„Was zum …?" Zoes Augen weiteten sich, als sie sah, wer dort vor ihr stand.

Kapitel 10

Pablo

Behalte die beiden im Auge, du kennst deine Aufgabe.

Ich

Das tu ich doch schon die ganze Zeit, aber Pablo, glaub mir, ich erkenne in ihnen wirklich keinerlei synovromianische Energien.

Pablo

Hör mir zu, Mädchen, ich hab dich nicht für diese Art von Arbeit aus deiner Zelle befreit!

Ich

Das weiß ich selbst, aber was soll ich denn tun?

Pablo

Verhalte dich wie die Schatten.

Ich

Du meinst, ich soll es ihnen gleichtun?

Pablo

Schalte sie aus, nimm ihre Materie an und tarne dich. Verhalte dich unauffällig, die Zwillinge sollen keinen Verdacht schöpfen. Ich habe Blake bereits auf der menschlichen Seite auf die Kinder angesetzt, das Mädchen wird ihm verfallen und der Junge, er hat keine andere Wahl, als ihr zu folgen, sie ist die Stärkere der beiden.

Clarissa las die letzte Nachricht von Pablo noch, doch sie schenkte seinen Worten nun keine Beachtung mehr. Schon lange empfand sie keine Empathie mehr. Ihre Seele war vor vielen Jahrzehnten schon zerbrochen, in ihr war seit jenem schicksalhaften Tage keine Liebe mehr gewachsen. Sie spürte jeden Tag auf diesem elenden Planeten die Leere in sich, sie fühlte, wie sich Flüssigkeiten den Weg aus ihren Augen bahnten, doch sie konnte nicht begreifen, was dies zu bedeuten hatte. Die Menschen hatten sie deshalb schon oft seltsam beäugt, doch sie begriff nicht, wieso, sie begriff so viele Dinge auf diesem Planeten nicht, alles war ihr hier so fremd.

Ihre Seele hatte bislang keine Erlösung gefunden und würde dies wahrscheinlich auch nie tun. Auf Synovrom hatte Clarissa nie mit solchen Problemen zu kämpfen gehabt, erst nach ihrem Tode, nach der Spaltung ihrer Seele, empfand sie plötzlich schlimmste Qualen. Es war seltsam gewesen, denn ihre Seele war in einem Stück geblieben, nicht wie bei den meisten anderen, deren Seele nach deren Tod einfach verschwand oder in mehrere Stücke zerbrach und von denjenigen nicht mehr zusammengefügt werden konnte. Bei Clarissa war das anders, ihre Seele hatte sich in vier Stücke geteilt. Der eine Teil barg große Trauer, Trauer über die schlimmen Taten, die sie vollbracht hatte und wegen denen sie im synovromianischen Gefängnis gelandet war. Ein anderer Teil war voll mit Wut und Hass, und zwar nicht auf oder wegen einer Sache, nein, diese Emotionen richteten sich gegen alles und jeden.

Der nächste Teil ihrer Seele war voll mit Liebe, es war der kleinste aller Seelenteile, aber er war da, auch wenn er nur selten zum Vorschein kam. Das letzte Bruchstück bestand aus einem großen Fundus an Erinnerungen, sie waren alle vermischt, gute und schlechte, alte und neue.

Clarissa war damals auf Synovrom ums Leben gekommen, doch ihre Seele war geblieben. Einst war sie ein glückliches Kind gewesen, sie lebte mit ihrer Mutter auf dem Planeten fernab der Erde. Sie war wohlbehütet in einem kleinen Häuschen als einziges Kind ihrer Eltern aufgewachsen. Als sie eines Tages nicht von einem Ausflug mit ihren Freunden zurückgekehrt war, machten sich ihre Eltern große Sorgen. Sie hatten es einfach gespürt, dass ihrem kleinen Mädchen etwas zugestoßen war.

Zwar war es ihren Eltern möglich, ihre Anwesenheit zu spüren, doch vor ihnen gelang es Clarissa bis zum heutigen Tage nicht, ihre Energie so stark zu bündeln, dass ihre Eltern sie sehen konnten.

Auf Synovrom gab es zwei Seiten, einmal die der Lebenden und einmal die der Verstorbenen. Dort wanderten viele Seelen umher, so wie auch die von Clarissa. Auch die Seelen konnten im Gefängnis landen, es gab für beide Seiten des Planeten eine Möglichkeit, für schlechte Taten bestraft zu werden, denn dem Rat der Mächtigen blieb nichts verborgen.

So kam es, dass das Mädchen durch falsche Freunde auf die falsche Bahn des Lebens geriet. Diese hatten sie zu Gewalt und Zorn verleitet, es waren jene Menschen gewesen, welche sie ins Gefängnis gebracht hatten.

Bei einem ihrer Gewaltzüge war das Mädchen in den Blick des Rates gelangt und musste untertauchen, da es Angst vor einer schweren Strafe hatte. Seit diesem Tage hatte sie ihre Eltern verlassen, sie hatte die beiden völlig im Dunkeln gelassen, doch es war besser so gewesen, zumindest empfand sie dies damals so. Heute, wenn sie die Trauer ihrer Eltern sah, wusste sie, dass es falsch gewesen war. Doch heute konnte sie daran nichts mehr ändern, diese Trauer begleitete das Mädchen nun in der Menschenwelt. So sehr hatte sie sich gewünscht, ihre Eltern irgendwann einmal wiedersehen zu können, doch sie wusste es besser.

Auf Synovrom war sie bekannt gewesen, sowohl positiv als auch negativ, aber hier in der Menschenwelt hatte sie die Möglichkeit, ein ganz neues Leben zu beginnen.

Clarissa saß auf ihrem Bett und war so in ihren Gedanken versunken, dass sie gar nicht bemerkte, als sie ihre Gedanken laut aussprach.

„Wieso ist mir dieses Leben hier gegönnt? Ich fühle mich so nutzlos, was würde ich dafür geben, sie endlich mal wieder in den Arm nehmen zu können? Aber nein, das geht natürlich nicht. Dieser Körper hier wurde mir nicht für den Zweck geschenkt, meine Eltern wiederzusehen und mit meiner Seele wieder ins Reine zu kommen, nein, er dient dazu, weiteres Unheil anzurichten. In was für einen Teufelskreis bin ich da nur reingeraten ..." Sie seufzte. Erst jetzt bemerkte sie, dass sich die Worte nicht nur in ihrem Kopf befunden hatten, denn ihr Handy machte sich abermals durch ein Pingen bemerkbar.

Pablo

Hör auf mit dieser Mitleidstour, du weißt so gut wie ich, dass du nicht so unschuldig bist, wie du dich den Menschen zeigst.

Ich

Wärst du nicht gewesen, wäre ich noch immer bei meinen Eltern, ich hätte sie schützen können, vor DIR!!

Pablo

Du unnützes Wesen!

Pablo

Ohne mich wärst du heute nicht imstande, überhaupt ein Leben führen zu können, du solltest dich glücklich schätzen.

Ich

Stimmt, ohne dein Tun wäre ich nicht hier, ohne dein Tun müsste ich keine zwei Unschuldigen in den Abgrund stürzen, ohne mich wärst du aufgeschmissen, denn du bist auf Synovrom gefangen und könntest ohne Hilfe nichts machen.

Pablo

Du undankbares Gör, du wirst meine Macht noch zu spüren bekommen, früher oder später wird dich dein Weg wieder zu mir führen und dann wird meine Armee stärker denn je sein, denn bis die Zwillinge so weit sind, ihre Fähigkeiten richtig nutzen zu können, steht Synovrom unter meiner Macht.

Clarissa starrte entsetzt auf ihr Handy, sie wollte nicht weiter mit diesem Wesen kommunizieren. Pablo war ihr unheimlich, doch er hatte sie in der Hand. Er hatte ihr geholfen, wieder zu Materie zu finden, ihr Leben weiterleben zu können, doch anfangs hatte er ihr verschwiegen, weshalb er genau sie auserwählt hatte, von den Toten wieder aufzustehen. Hätte sie es gewusst, hätte sie sein Angebot abgelehnt, doch jetzt war es dazu zu spät.

Es machte sie alles fertig, die Schule, die Menschen, die Stimmen in ihrem Kopf und besonders ihre Aufgabe.

Ach ja, und dann waren da noch Tim und sein seltsames Verhalten, das verwirrte sie zusätzlich.

Kapitel 11

„Ja, und was sollen wir jetzt machen?", fragte Frau Fex. „Um ehrlich zu sein weiß ich das selbst noch nicht so genau", antwortete Marx.

„Ich verstehe das alles nur nicht, in der Prophezeiung ist ganz klar und deutlich das Datum ihres zwölften Geburtstages festgelegt und nicht so lange davor. Marisa ist auch noch nicht ganz zu ihnen durchgedrungen, sie versucht zwar bereits, sich mit ihren Kindern in Kontakt zu begeben, aber die Verbindung zwischen den Universen ist noch zu schwach", sprach die Direktorin weiter.

„Aber die Schatten, sie kommen immer näher, erst vor zwei Tagen habe ich zuletzt einen von ihnen in der Nähe des Hauses der Zwillinge gesehen. Sie wagen sich immer weiter an sie heran. Wer weiß, ob sie die Kinder bereits beeinflussen können", warf Herr Bött ein.

Frau Fex schüttelte den Kopf, ihr taten die Zwillinge leid, sie kannte die Kinder schon ihr ganzes Leben und wusste, was sie durchmachen mussten.

„Die armen Kleinen, sie wissen gar nicht, wie ihnen geschieht. Erst ist die liebe Frau Mama weg und sie mussten viel zu früh lernen, wie das Leben funktioniert, dann soll sie wiederkommen, sie werden erfahren, wer oder, genauer gesagt, was sie wirklich sind und plötzlich sind sie keine Kinder mehr, sondern Herrscher. Ich weiß nicht, wie sie das alles verkraften sollen."

„Keine Sorge, Fex, sie wurden dazu bestimmt und werden ihre Aufgabe meistern, das ist ihre Berufung", sprach Direktorin Marx.

„Wir müssen langsam zurück, die Schüler warten schon", sprach Marx weiter.

„Frau Marx, was genau sollen wir denn nun gegen die Schatten unternehmen?", fragte Frau Fex.

„Wir werden warten. Sobald Marisa zu ihnen durchgedrungen ist, werden wir einschreiten, aber bis dahin halten wir uns vorerst im Hintergrund. Sollte ich vorzeitig etwas Beunruhigendes in Erfahrung bringen, werde ich sie beide informieren. Bis es so weit ist werde ich einen Notfallplan ausarbeiten und sie ständig auf dem Laufenden halten."

Die beiden Lehrkräfte nickten stumm.

Direktorin Marx öffnete das Portal Richtung Erde und ließ die beiden hindurchtreten. Sie selbst verweilte noch einen Augenblick länger in der Zwischenwelt.

Die Direktorin machte sich sofort daran, einen Brief an die Eltern zu verfassen. Sie musste sichergehen, dass die Zwillinge für den Fall eines Angriffs der Schatten einen sicheren Ort hatten, an dem ihnen diese Wesen nichts tun konnten.

Ihr war klar, dass sie sich noch etwas anderes einfallen lassen musste, denn dieses Schreiben sollte einzig und allein dazu dienen, dass es im Zweifelsfall keine unschuldigen Opfer gab. Also schrieb sie los.

Sehr geehrte Damen und Herren.

Ich möchte Sie mit diesem Schreiben darüber in Kenntnis setzen, dass der Unterricht an unserer Schule in den nächsten Wochen leider ausfallen wird. Grund dafür sind bauliche Mängel, welche wir dringend beheben müssen, um das Wohl Ihrer Kinder zu gewährleisten.

Ich bitte Sie um Verständnis für die aktuelle Situation.
Bevor es zur Schließung kommt, werden wir unsere Schüler/-innen/ Ihre Kinder mit ausreichend Lehrmaterialen für die unterrichtsfreie Zeit versorgen.
Bitte senden Sie mir dieses Schreiben umgehend unterschrieben per Post zurück.
Die dadurch entstehenden Kosten trägt die Schule.

Mit freundlichen Grüßen
Frau M. Marx

Marx lehnte sich in ihrem Schreibtischstuhl zurück.

„So", sprach sie leise, „Jetzt brauche ich nur noch einen Plan."

„Also, liebe Schüler, vergesst bitte nicht, es gibt im Deutschen sechs Zeitformen, die wichtigsten davon sind das Präsens, das ist die Gegenwart, das Präteritum, hier sprechen wir von der einfachen Vergangenheitsform, und das Futur I, die einfache Zukunftsform. Bitte merkt euch das, das wird Teil der Klassenarbeit in zwei Wochen sein", sprach Frau Fex ruhig, aber bestimmt zu ihren Schülerinnen und Schülern.

Ein Stöhnen ging durch die Klasse. Wer mochte schon Klassenarbeiten?

Als der Gong zum Stundenende endlich erklang, sprangen die Kinder sofort von ihren Stühlen auf.

„Stopp, ihr wisst doch, der Lehrer beendet die Stunde", sprach die Lehrerin bestimmt.

„Zoe, Marie, bleibt ihr bitte noch kurz hier, die anderen dürfen gehen", sprach sie nun etwas sanfter weiter.

Die Mädchen wussten nicht, wieso gerade sie zu einem Einzelgespräch zur Lehrerin gerufen wurden, dennoch blieben sie wie gewünscht noch in der Klasse.

„Mädels, könnt ihr mir bitte einen Gefallen tun? Ich habe da ein großes Anliegen an euch und ich weiß, dass ihr immer so gewissenhaft und freundlich seid."

„Worum geht es denn, Frau Fex?", sprachen die Freundinnen wie aus einem Mund.

„Am Montag kommt ein neuer Schüler in die Klasse. Er ist grade neu hergezogen und hat demnach noch keinen Anschluss in der Gegend. Ich würde euch bitten, ihm die Schule zu zeigen."

„Das machen wir doch gerne", sprach Marie voller Freude, „Stimmt's Zoe?"

Zoe überlegte, irgendwie hatte sie ein ungutes Gefühl bei der Sache.

„Ja, das machen wir", stimmte sie schließlich doch zu.

„Danke, ihr beiden, dann dürft ihr jetzt auch gehen, habt ein schönes Wochenende", verabschiedete sich die Lehrerin.

Die Mädchen verabschiedeten sich und als sie den Raum verlassen hatten, stieß Marie Zoe in die Seite.

„Ist alles in Ordnung? Irgendwie warst du grade so komisch."

„Alles gut, lass uns morgen bei mir treffen, dann erzähle ich dir die Geschichte von dem Brandmal weiter, da gibt's etwas, was ich dir noch nicht erzählt habe."

Kapitel 12

Alfred saß an diesem Tage auf der kleinen Mauer am abgelegenen Ende des Pausenhofs und dachte nach, er brauchte einfach mal eine kleine Auszeit.

Was ist denn nur mit Zoe los? Sie ist die letzten Tage so komisch und sie erzählt mir seit zwei Tagen gar nichts mehr. Wir haben uns doch immer über alles unterhalten, aber seit Freitag herrscht Funkstille zwischen uns beiden. Selbst zuhause geht sie mir regelrecht aus dem Weg. Wir begegnen uns dort zwar, aber sie schaut mich dann immer so eiskalt an, mit einem richtig mörderischen Blick. Außerdem weicht sie gar nicht mehr von der Seite des Neuen. Seit Montag ist er in ihrer Klasse, ich weiß noch nicht einmal, wie er überhaupt heißt. Aber der Typ ist mir suspekt, irgendwas hat er an sich, was mich beunruhigt. Zoe scheint es da ganz anders zu gehen, aber wieso, wir hatten immer das gleiche Gefühl, was andere Menschen betraf. Wie kann es sein, dass wir aktuell so unterschiedlich sind …?

Der Junge war tief in seine Gedanken versunken und überlegte, wie er an seine Schwester rankommen sollte, wie er es am besten anstellte, dass sie wieder normal mit ihm umging.

Aus der Entfernung beobachtete er sie, äußerlich hatte sie sich nicht verändert, aber innerlich. Ihre Blicke trafen sich für einen kurzen Augenblick und Alfred spürte die Kälte, die der Blick seiner Schwester ausstrahlte. Ruckartig wandte er den Blick ab.

„Hey Alfred!", hörte der Junge seinen besten Freund Tim über den Pausenhof rufen.

Alfred hob nur kurz die Hand, um ihm zu signalisieren, dass er ihn gehört hatte. Eigentlich hatte er gerade keine Lust auf irgendwen, er wollte nicht reden oder etwas spielen. Er wollte einfach mal für sich sein, und zwar, weil er es so wollte und nicht, weil er nicht beachtet wurde.

„Sag an, was hockst du hier im hintersten Eck rum, die Jungs kicken vorne, willst du nicht mitspielen?"

Tim war inzwischen bei Alfred angekommen und begrüßte ihn mit dem ausgedachten Freundschaftsgruß.

Als die Jungs noch kleiner waren, hatten sie sich diesen einmal überlegt, zu dieser Zeit hatten das alle Kinder mit ihren engsten Freunden so gemacht.

Faust gegen Faust, Kick rechts, Kick links, Zunge rausstrecken, umdrehen und wieder zurückspringen. Normal hatte Alfred danach immer gute Laune, nur heute nicht, er suchte auch weiterhin nach seiner Schwester auf dem Pausenhof. Er hatte ein ungutes Gefühl, doch noch wusste er nicht so genau, weshalb.

„Alfred?", fragte Tim, „Was ist los mit dir, was suchst du denn?"

„Ich suche nix, ich hab nur ein Auge auf Zoe", sprach der Junge.

„Wieso das denn, du hast mir doch mal von diesem Zwillingsding erzählt ..."

„Ja schon, aber ...", fiel Alfred ihm ins Wort.

„Aber was?"

„Naja, Zoe ist seit ein paar Tagen richtig komisch zu mir und das Zwillingsding funktioniert seitdem auch nicht mehr. Irgendwie denken wir nicht mehr gleich", sprach Alfred weiter.

„Außerdem will ich den Neuen im Auge behalten, ich hab bei dem kein gutes Gefühl", fügte er an.

„Der? Der ist harmlos, ich hab Marie über ihn ausgequetscht. Die hat mir echt alles erzählt, willste wissen?", fragte Tim herausfordernd.

Nun hatte er Alfreds Aufmerksamkeit.

„Sag, los", sprach er monoton.

„Also", sagte Tim betont langsam.

„Ey, jetzt sag!" Alfreds Stimme hellte sich auf, es schien wirklich so, als könnte Tim es schaffen, ihn doch noch aufzumuntern.

„Ist ja schon gut, kein Grund, die Diva raushängen zu lassen", stichelte der Junge. Als prompte Antwort auf seinen Spruch erhielt er von Alfred einen leichten Schlag gegen den Oberarm.

„Siehst du, du lachst wieder, jetzt kann ich's dir endlich erzählen. Wenn du den Trauerkloß spielst, ist das voll öde", begann Tim erneut.

„Tim, du hast zehn Minuten, dann müssen wir wieder in
die Klasse. Mathe. Das Thema, das verstehe ich momentan gar
nicht, nur gut, dass ich zuhause keinen Ärger bekomme, wenn
ich in den Klassenarbeiten mal eine schlechte Note schreibe",
sprach Alfred bemüht ruhig, was ihm aber nicht so recht gelang.

„Voll mies ist das, meine Mama ist dann immer richtig sauer
und zwingt mich, mehr zu lernen. Aber ja, um aufs Thema zu-
rückzukommen, der Neue ist vor ungefähr einer Woche hergezogen. Marie konnte mir aber nicht sagen, wo er vorher gewohnt
hat, daraus macht er scheinbar ein riesiges Geheimnis. Sein Name
ist Blake, Blake Funjaki, seltsamer Name, findest du nicht auch?"

Alfred nickte stumm, keinesfalls wollte er Tim noch einmal
unterbrechen, er wollte jetzt erstmal alles wissen.

„Sein Vater ist wohl ein ziemlich hohes Tier in der Regie-
rung, aber auch darüber spricht er nur in knapper Variante. Marie
meinte, wenn sie ihn darauf anspricht, würde er sofort das Thema wechseln, fast, als wäre ihm das echt peinlich. Er scheint ganz
nett zu sein, auch wenn er ein Jahr älter ist als wir. Bestimmt ist
er mal sitzengeblieben, aber das kann ich dir nicht mit Sicherheit
sagen, so weit sind die Mädels noch nicht gekommen. Er wohnt
bei euch in der Straße, lustiger Zufall, ne? Ich hab gar nicht gewusst, dass dort ein Haus leer gestanden hat."

Alfred überlegte, aber diese Information war auch ihm neu.

„Und was noch ganz wichtig ist, er zieht die Aufmerksamkeit aller Mädchen auf sich, der Typ sieht unglaublich aus und
hat grün leuchtende Augen. Aber ja, etwas seltsam finde ich ihn
auch, ich hatte ihn gestern gefragt, ob er nach der Schule Lust
hat, ne Runde mit uns zu kicken, und der hat doch tatsächlich
abgelehnt. Er meinte zu mir, dass er lernen müsse und anschließend noch was Wichtiges zu erledigen hat. Hallo, kommt der
von nem anderen Stern, welcher Junge lernt schon lieber als zu
kicken?" Tim hatte sich ein wenig in Rage geredet und schaute
Alfred nun mit offenem Mund an, scheinbar wartete er nun auf

eine genauso fassungslose Reaktion seines besten Freundes, doch die blieb aus und Tim schüttelte nur den Kopf.

„Mann, was stimmt denn nur mit euch allen nicht?", sagte der Junge energisch. Doch noch bevor Alfred sich verteidigen konnte, ertönte die Klingel und sie liefen schnell in den Unterricht.

Mit mir stimmt alles, die anderen sind es, die mir irgendwas verheimlichen, dachte Alfred.

Zoe hatte er längst aus den Augen verloren, er sorgte sich um seine Schwester, doch diese schien das gar nicht zu bemerken, denn sie hatte nur noch Augen für diesen Blake. Alfred verrollte die Augen, Mädchen waren echt ne komische Spezies, dachte er sich zum Schluss. Vielleicht hing das merkwürdige Verhalten seiner Schwester auch damit zusammen, dass sie ein Mädchen war, wer wusste schon, ob nicht alle Mädchen so waren. Vielleicht waren Jungs und Mädchen als Kinder gleich und wenn sie älter wurden, blieben die Jungs normal und die Mädchen wurden verrückt.

Kapitel 13

In ihrem Büro qualmte dunkler Nebel empor. Sie erkannte bereits die Umrisse einer Person, doch noch konnte sie diese nicht eindeutig zuordnen. Erst, als die Person aus dem Nebel heraustrat, sah Marx, wer dort vor ihr stand.

„Wie hast du das denn jetzt geschafft?", fragte Marx entgeistert.

Die Frau, welche der Direktorin gegenüber stand, begann, mit schnellen Worten zu sprechen.

„Ganz einfach, die Pforten zwischen den Welten beginnen, sich zu öffnen."

„Moment!", entfuhr es Marx laut. Die Augen der Direktorin hatten sich geweitet, als sie das Gesagte vernommen hatte.

„Du meinst, die Barriere ist weg, aber wie konnte das denn nur passieren? Ich meine, die Zwillinge, auch sie sind noch nicht so weit, wir können sie nicht einsetzen!", sprach Direktorin Marx schockiert.

„Es war Pablo, er hat es geschafft, eine Schleuse zu erschaffen, ich weiß nicht, wofür er diese braucht, ihm ist doch durchaus bewusst, dass, solange die Zwillinge noch nicht an ihre Mächte kommen, weiterhin der Rat der Ältesten regiert. Er kennt diese Regel und auch ihm ist es nicht möglich, den Rat zu stürzen", fuhr die andere Frau fort.

„Du darfst noch nicht hier sein, das weißt du. Du weißt, dass du wieder zurück musst", fuhr Marx mit leicht zittriger Stimme fort. Sie würde es bestimmt noch bereuen, sie wieder nach Synovrom geschickt zu haben, das sagte ihr ihr Gefühl, doch das war der einzige Weg, den Zwillingen jetzt, in dieser neuen Situation, noch Schutz zu bieten.

„Das weiß ich doch, meine Zeit hier, die ist auch sehr knapp, doch du musstest es wissen, um ihren Schutz zu garantieren. Die Schatten rücken immer näher zu euch und ich konnte von dort oben eine Macht erkennen, ich konnte sie nicht materialisieren, aber ich habe sie ganz deutlich in der Nähe meiner Kinder gesehen." Die Stimme der Frau überschlug sich schon fast, sie ratterte die Worte so schnell herunter, dass Marx ernsthafte Schwierigkeiten hatte, alles zu verstehen.

„Wir wachen über sie und das schon seit Jahren. Ich habe bereits alles in die Wege geleitet, damit wir die beiden hier unterbringen können, die Schule ist sicher, sie ist sicher vor dem Unheil", versuchte Marx die aufgebrachte Frau zu beruhigen, doch dies gelang ihr nicht so recht.

„Was ich gesehen habe, lässt mich nicht mehr hoffen."

Mit diesen Worten ließ die Frau Direktorin Marx allein, der Nebel war zurückgekehrt und die Frau verschwunden.

Mist!, dachte sich Alfred, *Jetzt habe ich wegen Tim die beiden aus den Augen verloren. Ich muss meine Schwester doch beschützen, besonders vor diesem Typ, wie hieß er doch gleich, ach ja, genau, Blake.* Die Stimme in seinem Kopf klang verachtend. Der Junge wusste nicht einmal, wieso er den Neuen nicht mochte, aber was er wusste, war, dass er dafür sorgen musste, dass Zoe sich von ihm fernhielt.

Irgendwie musste er es heute noch schaffen, dass seine Schwester wieder mit ihm sprach. Er musste herausfinden, was vorgefallen war, weshalb sie ihn mit Schweigen und Verachtung strafte.

Alfred ging nach der Mathestunde den Schulflur entlang, sein Blick schweifte dabei über die Spinde. Eigentlich wanderte er ohne ein genaues Ziel den Flur entlang, bis sein Blick an etwas hängen blieb. Es war ein Schatten, aber kein normaler, es war der einer Frau in einem langen Kleid.

Seine Augen weiteten sich schlagartig und er bekam trotz der Wärme im Gebäude eine Gänsehaut.

„Mama", formte der Junge fast tonlos mit den Lippen, es war nur ein Flüstern. Der Junge wollte ihr nach, doch seine Füße waren, als wären sie am Boden festgeklebt, er wollte laufen, doch es ging nicht.

Plötzlich sah er den Gang vor sich verschwimmen. Der Schulflur sah plötzlich ganz anders aus, er war nicht mehr gerade, er wurde fortlaufend immer enger, bis er am Ende so eng wurde, dass

er drohte, dort stecken zu bleiben, sollte er es schaffen, loszu-
laufen. Der Schatten war hinter einer Ecke verschwunden, hinter dieser Ecke waren auch die Spinde der Zwillinge, hatte dies
etwas zu bedeuten? Alfreds Kopf war erst voll mit Fragen und
plötzlich war er leer. Er wusste nichts mehr, weder, wo er war,
noch, wer er war.

Der Junge blickte an sich hinab und erkannte sich selbst nicht
mehr, das war nicht sein Körper, das war nicht er, das war irgendwas, aber sicherlich nicht er.

Panik ergriff ihn, er wollte rennen, einfach weg, weg von
diesem Ort. Doch dann hörte er sie, die Stimme seiner Mutter.

„Lauf nicht fort, stelle dich der Angst, sie wird dich leiten."

Alfred verstummte. Seine Panik schwenkte in Gelassenheit
um. Was passierte hier nur, fragte er sich. Der Junge fühlte sich
seltsam, hilflos und stark zugleich.

„Mama, wo bist du?", fragte der Junge mit sanfter Stimme.

„Ich bin hier hinten, folge mir, ich will dir etwas zeigen, mein
Junge", erklang wieder diese liebevolle Stimme.

Alfred lief los, diesmal mit Erfolg und wider aller Erwar-
tungen konnte er dem Gang bis zur Ecke folgen, ohne stecken
zu bleiben, je weiter er lief, desto breiter wurde der Schulflur
wieder.

„Ich komme, Mama", sagte er euphorisch und hatte ein Lächeln auf den Lippen.

„Hä, Alfred, spinnst du jetzt total, wir sind in der Schule und
nicht zuhause!", rief ihm ein Junge aus seiner Klasse entgegen.

Alfred blieb stehen. Was war passiert, wo kamen die ganzen
Kinder denn plötzlich her? Gerade eben war es hier doch noch
menschenverlassen. Er hatte seine Mutter gehört und ihre Sil-
houette genau erkannt. Was war da grade geschehen? Sein Kopf
schmerzte, sodass er das Gesicht verzog.

Er stand an genau der Stelle, an der er die Stimme seiner
Mutter das letzte Mal vernommen hatte, der Flur sah auch wieder normal aus und er, was ein Glück, er war wieder der Alte.
Der Junge tastete seinen Körper ab, er war heilfroh, wieder
zu alter Form zurückgekehrt zu sein. Aber was war das eben,

das hatte er sich doch nicht etwa eingebildet, oder doch? Alfred stand die Verwirrung ins Gesicht geschrieben. Er ging an seinem Klassenkameraden vorbei in Richtung seines Spindes. Seine Mama war dort hingegangen, sollte es keine Einbildung gewesen sein, so müsste er auf diesem Weg doch irgendein Anzeichen dafür finden, dass sie hier gewesen war. Und tatsächlich, da war etwas, der Geruch ihres Parfüms hing in der Luft, das konnte keine Einbildung gewesen sein, das war unmöglich.

Aber halt, das ist nicht das Einzige, was ist das denn?, dachte er im Stillen nach. Der Junge stand nun vor seinem Spind und dort war etwas, ein Brief, in einem hellblauen Umschlag. Er griff mit der rechten Hand danach und betrachtete ihn von allen Seiten, aber irgendwie traute er sich nicht, ihn zu öffnen. Er war mit Mamas Parfüm eingesprüht, wer außer ihr hätte das gemacht haben sollen? Alfred war sich sicher, dass sie hier gewesen war.

Zoe kam mit Marie vorbei, denn die Spinde der drei lagen unmittelbar nebeneinander.

„Hey Zoe, warte mal kurz", begann Alfred.

„Was ist?", sagte sie knapp.

„Ich, Mama war hier", sprach er bedacht langsam.

„Oh, wie toll, ich hab eure Mutter schon so lange nicht mehr gesehen, Mama wird sich sicher freuen, das zu hören, dann können sie sich ja auch mal wieder treffen", sprudelte Marie los.

Zoe starrte Alfred nur stumm an, als sie den Brief in seiner Hand sah.

„Alfred, nicht jetzt", sagte Zoe bemüht ruhig.

„Hä, was ist denn los mit dir, das ist doch toll, ich würde mich total freuen, wenn meine Mama mal hier wäre, dann könnte ich ihr alles hier zeigen, ich fände das richtig cool!", quasselte Marie weiter.

Mit flehender Stimme fuhr Zoe fort.

„Marie, das ist nicht der richtige Ort für dieses Thema und Alfred, wir müssen reden, zuhause."

Zoe drehte sich um und ging und ließ sowohl ihren Bruder als auch ihre beste Freundin einfach stehen.

Blake schielte um die Ecke und zog sein Handy aus der Hosentasche, wählte eine Nummer und wartete, bis sich sein Gesprächspartner endlich meldete. Dann flüsterte der Junge in den Apparat.

„Na endlich, ich habe schon gedacht, du hebst heute nicht mehr ab, es gibt Neuigkeiten, Marisa wurde gesichtet."

Kapitel 14

„Der Tag des Untergangs rückt immer näher und näher", sprach Pablo, während er sich die Hände rieb.

„Lass mich doch endlich gehen, Marisa wird die Zwillinge von selbst verwundbar machen, ganz allein durch ihre Anwesenheit. Der Aspekt, dass sie zu früh dran ist, ist ein Verstoß gegen eure Vereinbarung. Sie hat sich ein Recht genommen, welches ihr nicht zusteht, nun kannst du Gleiches mit Gleichem vergelten und dir die Kräfte der Zwillinge zu Nutzen machen und …", sprach Clarissa mit einem Hauch von Euphorie in der Stimme.

„Nein!", unterbrach Pablo sie forsch. „So einfach geht das leider nicht. Marisa hat nur indirekt Kontakt zu ihren Kindern aufgenommen, sie konnte sich vor ihnen noch nicht materialisieren, also war sie genaugenommen eben noch nicht bei ihren Kindern. Ich kann ihre Anwesenheit nicht sehen. Wäre sie bereits materialisiert auf der Erde aufgetaucht, so hätte ich es feststellen können, doch ich kann nichts vernehmen", stellte Pablo fest.

„Aber Pablo, ich habe Dinge gesehen, die du nicht zu glauben wagst. Ich habe den Jungen doch gesehen."

„Schweig still! Marisa wird einen Fehler machen und sobald dies geschieht, werde ich es merken und mir die Zwillinge holen. Und nun geh, du kennst deine Aufgabe, aber halt dich vorerst im Hintergrund." Mit diesen Worten beendete er das Gespräch und brachte Clarissa zurück in die Menschenwelt.

Es war noch mitten in der Nacht, als das Mädchen sich in seinem Zimmer wiederfand. Sie vergrub ihren Kopf in den Händen und ließ ihren Tränen freien Lauf. Wann war sie eigentlich zu solch einem Weichei geworden, fragte sie sich gedanklich. Vor ihrem Tod hätte sie einem wie Pablo die Stirn geboten, sich nicht unterbuttern lassen, aber heute war ihr das einfach nicht mehr möglich. Sie war schwach und sie wusste, dass nur er ihr zu neuer Stärke verhelfen konnte. Doch wollte sie das wirklich so, wollte sie, dass böses Blut durch ihre Adern floss? Auf der anderen Seite dachte sie, er würde ihr zu einem neuen Leben verhelfen und irgendwann hätte auch sie wieder genügend Kraft, ihre so schmerzlich vermissten Eltern wiederzufinden, das war ihr großer Wunsch und das wusste Pablo.

Die Nerven des Mädchens waren bis zum Zerreißen gespannt.

„Du hast sie also gesehen, sagst du?"

„Nein, Vater."

„Wieso behelligst du mich dann mit deinem sinnlosen Anruf?", fragte die Männerstimme verärgert.

„Weil es Neuigkeiten gibt, Vater. Marisa wurde gesehen, hier in der Schule."

„Das ist unmöglich, Junge, das Band zwischen den Welten ist starr und Marisa ist nicht mächtig genug, es zu schwächen."

„Vater, so glaub mir doch, ich habe es von Alfred erfahren, er hat sogar einen Brief von ihr erhalten."

„Einen Brief also", sagte der Mann, bevor er auflegte.

„Vater? Hallo?" Der Junge nahm das Handy vom Ohr weg, um seiner Vermutung, dass sein Vater einfach aufgelegt hatte, nachzugehen.

„Aufgelegt", sprach er fast tonlos.

„Verdammt!!", rief der Junge aus und boxte gegen seinen Spind. Dass er damit die Aufmerksamkeit aller Mitschüler, die auf dem Gang waren, auf sich zog, hatte er nicht bedacht. Glücklicherweise war er als der Neue noch nicht das Hauptaugenmerk der anderen, sodass sich keiner weiter darum kümmerte, was der Neue gerade für einen kleinen Ausraster gehabt hatte.

Er rieb sich den Handrücken, zum Glück war dieser nicht aufgeplatzt, das wäre dem Lehrer gleich im Unterricht sicherlich sofort aufgefallen.

Er war nicht zum ersten Mal der Neue auf der Schule, denn dank seines Vaters war der Junge schon von mehreren Schulen geflogen oder er musste auf eine andere Schule gehen, weil sein Vater seine alte Schule zuvor dem Erdboden gleich gemacht hatte. Klar liebte er seinen Vater, aber er hatte lange kein so inniges Verhältnis zu ihm wie die meisten anderen Kinder.

„Guten Morgen, mein Schatz." Es war die warme Stimme ihrer Erdenmutter, die sie aus dem erholsamen Schlaf abholte.

Clarissa blinzelte in die Sonne, denn ihre Mutter hatte wie jeden Morgen, wenn sie sie weckte, die Vorhänge nur wenige Sekunden später bereits geöffnet.

„Kind, wenn du nicht gleich aufstehst, wirst du zu spät zur Schule kommen."

Die Worte sickerten erst langsam und plötzlich ganz schnell in ihr Gehirn. Wie von einer Biene gestochen sprang sie aus ihrem Bett und sprintete ins Badezimmer.

„So war das jetzt aber nicht gemeint, du solltest doch nur nicht trödeln." Doch die Worte seiner Mutter erreichten das Mädchen nicht mehr.

Nun stand sie da, im Badezimmer, vor dem Spiegel über dem Waschbecken. Irgendwie hatte sie ein seltsames Gefühl im Bauch, irgendetwas in ihrem Inneren sagte ihr, dass der heutige Tag ein besonders schöner werden würde. Die Sonne schien und es war der letzte Tag vor den Osterferien. In ihrem Inneren hatte sich über die Nacht etwas verändert. Trotz des Gesprächs mit Pablo war sie nicht geknickt und verängstigt, ganz im Gegenteil, sie fühlte sich stark und hatte gute Laune. So hatte sie sich schon seit langer Zeit nicht mehr gefühlt.

Nach dem Frühstück machte Clarissa sich auf den Weg zur Schule, sie schnappte sich nur noch schnell ihre Schultasche und öffnete dann die Tür. Vor Schreck schlug sie diese aber gleich wieder zu.

„Ist alles in Ordnung?", rief ihre Mutter aus der Küche.

„Ja, Mama, mir ist nur eingefallen, dass ich das Mathebuch noch oben auf meinem Schreibtisch liegen habe, das muss ich noch schnell holen", rief sie zurück und eilte dann die Treppe hinauf in ihr Zimmer.

Sie lehnte sich mit dem Rücken gegen die Innenseite ihrer Zimmertür und drückte ihre Schultasche vor ihrem Bauch fest an ihren Körper.

„Verdammt, was macht Tim denn hier?", sprach sie mit unsicherer Stimme leise zu sich selbst. Am liebsten wäre sie in ihrem Zimmer geblieben, mit ihm hatte sie heute als letztes gerechnet. Das war ein Witz, hatte sie gedacht, doch scheinbar nicht.

„Clarissa!", rief ihre Mutter die Treppe hinauf.

„Ich komm ja schon!", rief sie schnell, bevor ihre Mutter noch auf die Idee kam, sie zu holen.

Dann war sie auch schon wieder unten, diesmal war sie auf Tim gefasst und öffnete ganz entspannt die Tür, ihr Herz machte einen kleinen Satz. Upps, was war denn das, sowas hatte ihr Herz ja noch nie gemacht, war das vielleicht ein Nebeneffekt ihres neuen Körpers?

„Hi", sagte sie, während sie noch die Tür hinter sich schloss.

„Guten Morgen."

„Du, ich wollte dir grade nicht die Tür vor der Nase zuschlagen, aber ich hatte was vergessen und musste das noch schnell holen", log sie.

„Kein Ding, ich dachte schon, du wolltest vor mir flüchten, wie neulich in der Schule."

„Quatsch, wie kommst du denn darauf?"

Tim zuckte nur stumm mit den Schultern, in Clarissas Gegenwart war er nicht der starke Junge aus der Schule, sondern eher unsicher.

„Aber ich muss gestehen, ich habe wirklich nicht mit dir gerechnet", sprach sie weiter.

„Wieso, hab ich doch gesagt."

„Du sagtest morgen und das ist schon ein paar Tage her und ich rechne doch nicht damit, dass du mich zur Schule abholst."

„Wer weiß, vielleicht mache ich das jetzt öfter und sorry, ich hatte es nicht vergessen, aber meine Mum, sie hat mich die letzten Tage morgens mitgenommen, bevor sie zur Arbeit gefahren ist."

„Tim, du brauchst dich vor mir nicht zu rechtfertigen, ich habe ja auch nie gesagt, dass du mich abholen sollst, aber es ist schön, mal nicht allein zur Schule zu gehen."

„Musst du jeden Morgen zur Schule laufen, fährt dich deine Mutter denn nie?"

„Nein, nur in Ausnahmefällen, sie sagt, die frische Luft tut mir gut", log das Mädchen erneut. Sie hatte die Angebote ihrer Mutter, sie zur Schule zu fahren, bislang immer abgelehnt, durch ihre meist tiefe Trauer nutzte sie diese Zeit für sich zum Nachdenken.

„Ach so, ja, wenn du möchtest, dann frage ich meine Mutter das nächste Mal, wenn sie mir anbietet, mich zur Schule zu fahren, ob wir dich mitnehmen können", sagte Tim freudig mit einem Lächeln auf den Lippen.

„Klar, wenn du das so möchtest", sagte Clarissa herausfordernd.

„Klar."

Kapitel 15

Aufgebracht lief Direktorin Marx im Raum auf und ab, sie rieb sich dabei abermals mit den Händen die Schläfen.

„Was hast du nur getan?", rief sie aufgebracht aus.

„Du kennst Pablo doch, wie konntest du deine eigenen Kinder einer so großen Gefahr aussetzen? Die Vereinbarung, weißt du es denn nicht mehr?"

„Jetzt beruhige dich doch wieder, ich habe nicht gegen die Vereinbarung verstoßen. Ich habe meine Kinder nicht besucht, ich habe ihnen lediglich einen Brief zukommen lassen", sprach Marisa.

„Genau, der Brief", fuhr Marx fort.

„Jetzt krieg dich bitte wieder ein, ich habe meine Kinder nicht auf der Erde besucht, ich habe sie zuvor in die Zwischenwelt hier geholt, die beiden haben es nicht verstanden, aber irgendwie musste ich sie doch warnen. Ich bin mir nicht mal sicher, ob sie es wirklich wahrgenommen haben, oder gedacht haben es sei ein Traum gewesen, denn immerhin wissen sie nur, dass ich nicht mehr bei ihnen bin. Die Gründe sind ihnen bis heute völlig fremd." Nun fuchtelte auch Marisa mit den Armen in der Luft, die Gesten verschafften ihr ein höheres Maß an Glaubwürdigkeit.

„Nie würde ich meine Kleinen in Gefahr bringen!"

„Und doch hast du es getan, Marisa. Ich kenne Pablo und er wird alles in seiner Macht Stehende tun, um sie dir zu entwenden."

„Das kann er nicht, ich habe ihn im Blick und ich sehe nicht, dass er auch nur den geringsten Schimmer davon hat, was ich aktuell mache. Und selbst wenn er es wüsste, die Zwillinge sind stark, stärker als er und seine gesamte Armee. Ich muss es ihnen nur zeigen."

„Nein, Marisa, du täuschst dich, sie werden es eines Tages sein, aber momentan sind sie es noch nicht."

„Aber ich habe es gesehen, ein Blick in die Zukunft hat es mir verraten."

„Das mag stimmen, doch du hast die unbeeinflusste Zukunft gesehen, eine Zukunft, die ohne dein Zutun entstehen wird. Jede Kleinigkeit, die du jetzt am Ablauf verändern wirst, wird großen Einfluss auf den Fortgang der Zeit nehmen." Marx hatte sich in der Zwischenzeit auf ihrem Bürostuhl niedergesetzt. Die Direktorin warf einen prüfenden Blick durch den Raum, bevor sie weitersprach.

„Was, wenn du nur hier Kontakt zu den Kindern hast? Was, wenn wir versuchen, sie herzuholen? Was, wenn wir sie endlich in das Geschehen um sie herum einweihen?" Es war, als würde Marx laut nachdenken, ohne jemand anderen dabei anzusprechen.

„Nein, das ist mir zu gefährlich, zu viel Materie könnte sich dadurch bilden und Pablo könnte auf unsere Spur kommen, aber was ist, wenn wir die drei vorerst aus dem Spiel lassen und alles mit Anja besprechen? Sie ist immerhin eine von uns und kann ihre menschliche Materie ausschalten und dadurch unentdeckt bleiben und über sie lassen wir das Geheimnis dann lüften."

„Das könnte tatsächlich funktionieren, dieses Schlupfloch hatte ich bislang noch nicht entdeckt. Das könnte tatsächlich die Lösung sein, Marisa."

Ein Lächeln zeigte sich auf dem schmalen Gesicht von Marisa. So schnell es sich auf ihr Gesicht geschlichen hatte, verblasste es und sie verblasste mit. Dieses Lächeln hatte die Direktorin schon oft bei ihren Schützlingen gesehen, immer, bevor es an der Zeit war zu gehen, um die Sicherheit zu wahren.

„Bis bald Marisa, wir werden das schaffen und ich verspreche dir, ich rede mit Anja", sprach die Frau zu der Stelle, an der Marisa eben noch gestanden hatte.

Ein sanfter Lufthauch streichelte die Wange der Direktorin, Marisa musste sie gehört und das Zeichen geschickt haben.

Doch wie sollte sie am besten und unauffälligsten mit Anja in Kontakt treten? Sie war schließlich auch betroffen, aber sie konnte doch die drei Kinder nicht ganz allein, ohne jeden Schutz von außen lassen. Am besten würde es sein, wenn sie die Mutter während des Unterrichts in die Schule bestellen würde und ihr dann alles schilderte, es war nur wichtig, dass Marie davon nichts mitbekam.

In zwei Tagen war ein Feueralarm geplant, da würde die Schule sogar leer sein. Das war ihre Chance und so, wie es aktuell aussah, war es dann auch noch nicht zu spät, um die Schatten aufzuhalten.

Das Rennen gegen die Zeit hatte längst begonnen.

Kapitel 16

Tim und Clarissa stiegen gerade in den Schulbus ein, als sie aus dem Augenwinkel heraus etwas Seltsames beobachten konnten. War das nicht Blake da hinten vor dem Baum, was tat er da? Er hält irgendetwas Seltsames in den Händen, doch aus der Entfernung konnte man nicht erkennen, was es war. Die beiden sahen nur, dass es etwas Rundes war, etwas Leuchtendes, etwas Unmenschliches. Er sah sich permanent um, als hätte er Angst, entdeckt zu werden. Aber wieso tat er so heimlich, was hatte der Neue zu verbergen?

„Hast du das auch grade gesehen?", fragte Tim.

„Ja schon, aber nicht, was es ist", meinte Clarissa zu ihm gewandt.

„Lass uns das morgen herausfinden, ich glaube, das könnte was Wichtiges sein."

„Und ich glaube, damit könntest du Recht haben", sagte das Mädchen, bevor es sich auf den freien Platz neben Tim setzte.

Clarissa sah Blake aus dem Fenster des sich in Bewegung setzenden Busses nach. Wenn sie Blake sah, dann hatte sie immer ein mulmiges Gefühl im Bauch, sie hatte das Gefühl, den Jungen zu kennen, doch sie wusste, dass das nicht sein konnte. Sie wusste ja, woher sie kam und sie wusste auch, dass es für Synovromianer aktuell keine Möglichkeit gab, zur Erde zu gelangen. Sie wusste zwar nichts Genaues, aber es lag an einem Vertrag und irgendeiner Magie und es hatte etwas mit den Zwillingen zu tun, doch was es genau war hatte Pablo ihr nie erzählt.

Sieh sich einer diese Macht an, dachte sich Blake, als er den Energieball in seinen Händen hielt.

Der Junge verstand zunächst nicht, was dieses Ding bewirken sollte, doch dann las er den Text, den der Energieball zeigte.

„Kommt her, meine Freunde, verbreitet Unheil und Chaos. Stürzt diese Welt, genauso wie die vielen davor. Wenn wir wieder vereint sind, dann ist dieser Planet die letzte Station zu vollständiger Macht, alle werden uns untergeben sein."

Je länger er die Energieströme in seinen Händen hielt, desto düsterer wurde das ganze Ding. Anfangs war es leuchtend, in hellen Gelb- und Grüntönen, doch jetzt war es dunkelblau und schwarze Nebelschwaden waberten über die Oberfläche. Bei genauerem Hinsehen erkannte Blake, dass es keine Nebelschwaden waren, denn sie hatten Gesichter. Es waren ruhelose Seelen, die auf Erlösung warteten und bis zu jenem Tage nur Unheil verrichten konnten. Das war die Botschaft, welche auch sein Vater ihm stets eingebläut hatte.

„Nur Unheil und Krieg können zu völliger Unterwerfung und Kontrolle führen." Doch er sah das ganz anders, er wollte das gar nicht, aber die Zwänge seines Vaters waren stärker als sein Wille.

Der Junge blickte kurz von dem Energieball auf, dies kostete ihn Kraft, denn die Energie zog die seine an sich heran. Jeden Tag hier auf der Erde fiel es dem Jungen schwerer, seinen eigenen Willen zu behalten. Wollte er seinem Vater Stärke zeigen, so musste er standhaft bleiben und seinen Willen stärken.

Zoe gab ihm diese Kraft, auch wenn er nicht wusste, wieso, aber seit seinem ersten Tag an der Schule hatte er es gemerkt. Ihre positive Energie war so stark, dass sie die dunkle Energie seines Vaters fast völlig aus seinem Inneren vertrieb.

Er musste unbedingt herausfinden, wieso ihre Energie sich so stark auf seine auswirkte. Aber auch Marie war immer in ihrer Nähe, wusste er also sicher, dass es allein die Energie von Zoe war? Nur ihr Bruder war es, der ihn störte, immer funkte er dazwischen, es schien ihm fast so, als wüsste er mehr, als er sagte oder vorgab zu wissen. Der Junge war schlau, vielleicht etwas zu schlau für seinen Geschmack. Dennoch waren beide nur Kinder, er hingegen war schon viele Jahre am Leben und wusste andere Wesen einzuschätzen. Klar, er war nicht stolz, der Sohn eines der fiesesten Lebewesen im Universum zu sein, doch sein Vater hatte ihn als Jungen nie leiden lassen, erst, als er älter wurde, führte er ihn in die Welt der Krieger ein und ließ ihn spüren, was mit denen geschah, welche sich seinen Worten widersetzten.

Als er es schlussendlich doch geschafft hatte, seinen Kopf von der Energie abzuwenden, sah er den Schulbus und er sah auch Clarissa. Erst jetzt realisierte er, wo er sich gerade befand, denn er stand mitten auf dem Schulhof. Was hatte er nur getan, wieso war er hier, den Energieball hatte er doch in seinem Spind gefunden und aufgenommen.

Die Energie schien ihn geleitet zu haben, ohne dass er es bemerkt hatte. Aber wie konnte ihm das passieren, sein Wille war stark, zumindest dachte er das. Sich so sehr in sich selbst getäuscht zu haben schockierte den jungen Blake sehr.

Als sich die Blicke von Blake und Clarissa für wenige Sekunden trafen, erkannte das Mädchen, was Sache war. Denn bei ihrem Tod hatte sie eine Gabe erhalten, eine Gabe, die ihr heute von großem Nutzen war. Sie konnte die Seele anderer Menschen erkennen, auch aus weiter Entfernung. Zwar blieben ihr die Beweggründe für die Entwicklung der Seelen verborgen, aber sie sah die wahren Gesichter hinter dem Äußeren derer, denen sie in die Augen sah.

Und bei Blake erkannte sie sein wahres Gesicht, aber jetzt war sie noch verwirrter als davor, denn es zeigte sich ihr nicht ein Gesicht, nein, es waren zwei. Seine Seele war gespalten. Sie erkannte es genau, aber es war keine normale gespaltene Seele wie die vielen, die sie zuvor schon gesehen hatte, sie war einst gespalten worden. Im Normalfall schritt der Prozess der Seelenspaltung von alleine fort, doch bei Blake war dem nicht so, seine Seele war auf brutalste Weise gespalten worden. Sowas passierte nur, wenn die Spaltung mit großem Widerstand geschah.

Sie wandte sich von Blake ab und Tim wieder zu. Sie wollte jetzt nichts von einer gequälten Seele wissen, sie fand es viel schöner, dass er ihr verhalf, die schöne Seite ihrer selbst wiederzufinden.

Kapitel 17

Alfred hatte den Brief seiner Mutter sicher in dem Geheimfach am Rücken seiner Schultasche verstaut, um sicherzugehen, dass er ihn, bevor er zuhause ankam, nicht verlieren würde. Zoe hatte im Schulbus heute sogar neben ihm gesessen, es hatte sich in diesem Moment wie früher angefühlt. Aber noch wusste er nicht, ob sie sich nur wegen des Briefes ihrer Mutter dazu durchrang, freundlich zu ihm zu sein, oder ob sie endlich wieder in der Realität angekommen war. Selbst Marie hatte sie heute abgewiesen. Marie hatte ihm schon erzählt, dass die beiden Mädchen sich heute nach der Schule treffen wollten und dass Zoe das Treffen ohne Grund abgesagt hat. Das hatte sie nicht verstanden, aber Alfred hatte ihr nicht sagen können, wieso. Er hoffte selbst so sehr, dass sie sich wieder vertragen könnten, und wollte nicht, dass Marie dabei war. Außerdem war dies nun bereits der zweite Brief ihrer Mutter und Marie wusste ja bis heute nicht, warum die Zwillinge so ein Geheimnis daraus machten, wieso sie und Anja ihre Mutter schon so lange nicht mehr gesehen hatten.

Sie würde es nicht verstehen und wer wusste schon, was passieren würde, wenn es jemand mitbekam.

Zoe stieg vor Alfred aus dem Bus aus, als dieser an der Haltestelle bei ihrem Haus anhielt. Sie hielt ihre Hände in den Hosentaschen verborgen. Schon im Bus hatte sie während der Fahrt nichts gesagt und war völlig in Gedanken versunken gewesen. Bevor er mit seiner Schwester den Brief öffnen würde, würde er dem nachgehen, was seine Schwester so bedrückte. Er spürte einfach, dass mit ihr etwas nicht stimmte.

„Zoe, ist alles okay bei dir?", fragte Alfred vorsichtig.

Zoe zuckte nur mit den Schultern und bedeutete ihm mit einer Handbewegung, nachdem sie ihre Hände nun doch aus den Hosentaschen genommen hatte, die Haustür aufzuschließen.

Ohne ein weiteres Wort zu verlieren zog der Junge den Schlüssel aus seiner rechten vorderen Hosentasche. Am Schlüsselbund waren mehrere Dinge befestigt, einmal der Haustürschlüssel zu ihrem Elternhaus, dann sein eigener Spindschlüssel, das war der eckige mit der vierstelligen Nummer darauf. Auch eine kleine Taschenlampe und ein Schnitzmesser fanden ihren Platz an dem Schlüsselbund. Aber eine Sache, die ihm am meisten von allem bedeutete, was er besaß, hing an einer kleinen Kette, es war ein Herz. Er hatte eins in Grün bekommen, damals, kurz bevor ihre Mutter gegangen war. Zoe hatte auch so ein Herz, aber in Orange, auch sie trug es immer bei sich. Der Schlüssel, den die Zwillinge vor drei Jahren von Anja bekommen hatten, hing im Hausflur, die Zwillinge nahmen ihn nie mit, aus Angst, diesen zu verlieren. Aus diesem Grund klingelten sie auch grundsätzlich immer bei den Rayees, was Anja dann immer zum Lachen brachte.

Alfred nahm den Haustürschlüssel zwischen Daumen und Zeigefinger und führte ihn in Richtung des Türschlosses, doch bevor er ihn hineinsteckte, drehte er sich zu Zoe um. Seine Schwester hatte eine seltsame Haltung angenommen, sie wirkte sehr unsicher und in sich gekehrt, so kannte er sie nicht und er sorgte sich sehr um sie. Er drehte sich wieder um und öffnete die Tür. Wider Erwarten ging nicht Zoe voran, sondern er. Das anhaltend komische Verhalten seiner Schwester beunruhigte ihn immer mehr. Beide legten ihre Schultaschen ab und blieben im Hausflur stehen. Zoe sagte noch immer nichts, fixierte Alfred aber mit ihrem Blick.

„Mann, Zoe, jetzt sag endlich was!", platzte Alfred heraus.

„Und wenn ich das nicht will?", antwortete sie trotzig.

„Dann nehme ich den Brief, den Mama mir gegeben hat und … und werde ihn zerreißen", antwortete er genauso trotzig. Er wollte, dass seine Schwester endlich wieder normal zu ihm war und nicht so doof.

„Nein, mach das nicht."

„Wieso sollte ich nett zu dir sein, wenn du die ganzen Tage so fies zu mir warst?"

„Ist ja gut, ich werde es dir erzählen, aber bitte lass uns erst den Brief lesen", sprach Zoe stockend.

„Aber Zoe, was hat denn der Brief jetzt damit zu tun?"

„Mir ist was echt Seltsames passiert, nicht nur einmal die letzten Tage und ich habe Angst, es jemandem zu erzählen. Das war richtig komisch und unheimlich", Zoes Stimme war zittrig und sie verschränkte die Arme vor ihrer Brust.

„Denkst du etwa nur dir, ich habe langsam echt das Gefühl, ich fange an zu spinnen. Erst passiert das mit deinem Arm, dann wirst du total komisch zu mir und heute sehe ich Mama und dann war sie ganz plötzlich wieder weg", begann der Junge.

„Hat sie mit dir gesprochen?", fragte Zoe unsicher.

„Ja, also ich glaube schon, es war richtig seltsam. Ich habe gedacht, dass ich sie gesehen habe, aber nicht so richtig. Irgendwie hat es sich nicht angefühlt, als wäre es Mama gewesen, aber ich habe sie genau erkannt und auch ihren Duft. Ich meine, du weißt, was ich damit meine. Aber dann, als ich ihr nachgegangen bin, war sie fort. Sie hat mich gebeten, ihr zu folgen, aber es ging am Anfang nicht. Es hat sich angefühlt, als hätte mich jemand am Boden festgeklebt. Das war in der Pause zwischen den Stunden und ich wollte einfach mal kurz meine Ruhe, aber der Schulflur war recht voll und als ich Mamas Stimme dann gehört habe, wie sie mir gesagt hat, ich solle ihr folgen, da waren auf einmal alle weg. Und das, was ich ja gar nicht verstanden habe, ist der Brief, der an meinem Spind war. Hier, schau."

Alfred holte den Brief, der völlig faltenfrei war, aus seiner Tasche und hielt ihn Zoe vor die Nase. Ihre Augen weiteten sich bei dem süßlichen Duft, der ihr in die Nase stieg.

„Das riecht wie Mamas Parfüm, aber wie kann das sein? Mama ist weg." Ihre Stimme war zittriger denn je und sie traute sich zunächst nicht, nach dem blauen Briefumschlag zu greifen. Stattdessen wandte sie sich von Alfred ab und kramte in der Schublade nach dem Brief, den die beiden damals als Abschiedsbrief von ihrer Mutter erhalten hatten. Sie hielt ihn neben den, der sich in Alfreds Hand befand.

Die Zwillinge sahen sich entgeistert an, das Papier und auch die Farbe der Umschläge, sie glichen sich eins zu eins.

„Das ist nicht möglich", sprachen sie gleichzeitig.

Kapitel 18

„Marie, hast du deine Hausaufgaben schon gemacht?"
„Nein, Mama, ich will raus, ich habe mich mit Zoe verabredet."

„Du weißt genau, dass das hier so nicht läuft, mein liebes Kind."

„Aber Mama …"

„Nix aber Mama, du gehst in dein Zimmer und erledigst zuerst deine Hausaufgaben, wenn die fertig sind, darfst du gerne zu deiner Freundin."

Genervt trat Marie den Rückzug an, gegen ihre Mutter hatte sie keine Chance, zu gewinnen, zumindest nicht, wenn es um das Thema Hausaufgaben ging. Auch wenn Anja keine sehr strenge Mutter war, legte sie von Beginn an sehr großen Wert darauf, dass Marie stets gut in der Schule war und da gehörten die Hausaufgaben nun mal auch dazu.

Anja war froh, dass ihre Tochter sich heute ohne größere Debatten einfach mal an ihre Worte hielt, denn das war leider nicht immer so.

Manchmal vermisste sie die Zeiten, in denen sie mit ihrer guten Freundin Marisa reden konnte. Sie hätte so gerne gewusst, wie sie es mit ihren Kindern machen würde. Marie war ihr erstes und einziges Kind und natürlich wollte sie ihre kleine Maus immer nur verwöhnen, doch langsam kam sie in ein Alter, wo es ohne strikte Grenzen und nur mit liebevollen Worten nicht mehr funktionierte. Ach, wie gerne hätte sie mal wieder ein Kaffeekränzchen mit Marisa gehalten und wie gerne wüsste sie, wie es ihr ergeht. Sie war bis heute verblüfft, wie sehr sie sich als Mutter für ihre Kinder aufgeopfert hatte.

Als Marie in ihrem Zimmer verschwunden war und die Tür geschlossen hatte, setzte Anja sich auf das grüne Sofa, welches im Wohnzimmer stand. Ihr Telefon lag auf dem Couchtisch und leuchtete gerade auf. Als sie das sah, griff sie mit der rechten Hand danach, doch der Bildschirm wurde just in diesem Augenblick wieder schwarz. Der Anruferliste konnte sie entnehmen, dass sie wohl fünf Anrufe verpasst haben musste und alle kamen sie von der Schulleitung. Sie stutzte, Marx war eine alte Bekannte von ihr und sie wusste über Marisa und ihr Leben bescheid. Aber auch Anja war kein unbeschriebenes Blatt, denn auch sie war keine Sterbliche. Sie und Marisa kannten sich noch von früher, von ihrer Zeit auf der Akademie. Dort hatten sie gelernt, mit ihren Kräften umzugehen und andere bestmöglich vor den Kriegern zu schützen.

Es war der erste Gedanke, der Anja durch den Kopf geschossen war: Es musste um Marisa und die Zwillinge gehen. Natürlich hätte es auch sein können, dass es um Marie ging, aber wieso hätte Marx sie dann versucht, so oft zu erreichen, das musste andere Hintergründe haben.

„Mist, schon wieder nur die Mailbox", sprach die Direktorin leise zu sich selbst. Sie saß nun schon den halben Nachmittag allein in der Schule und versuchte, einen Plan zu schmieden, um die Schatten fortzutreiben und die Kinder zu beschützen. Sie grübelte immer wieder hin und her, doch sie kam einfach zu keiner Lösung.

Plötzlich klingelte ihr Telefon, aber nicht das der Schule, sondern ihr privates.

„Nummer unbekannt", las sie, bevor sie abnahm.

„Ja, hier Marx."

„Gut, dass ich Sie erreiche, Sie müssen dringend etwas unternehmen!", erklang eine verzerrte Stimme durch den Hörer.

„Hallo, wer ist denn überhaupt dran?"

„Das tut nichts zur Sache, machen Sie einfach!", sagte die Stimme aufgeregt.

„Ich kann Ihnen nicht helfen, wenn Sie mir nicht sagen, worum es geht und wer Sie sind", sprach Marx ruhig.

„Ich, ich bin Josefine, helfen Sie ihnen, ich habe die Schwachstelle gefunden, es ist Blake!", sagte die Stimme aufgeregt, „Er ist die Schwachstelle im Band, das die Universen verbindet und die noch keiner kennt. Durch die sie kommen werden, die Schatten und Pablo!"

„Josefine, woher weißt du das alles, wer bist du?", sprach Marx nun mehr aufgebracht als ruhig.

„Ich bin eine gute Seele, vertrauen Sie mir!"

„Hallo, hallo?", rief die Direktorin in den Hörer. „Aufgelegt", sagte sie kopfschüttelnd.

„Was war das denn bitte?", überlegte sie laut.

Pläne gegen einen möglichen Weltuntergang zu schmieden machte hungrig, also beschloss sie, es für heute gut sein zu lassen. Sie packte ihre Sachen zusammen, zog sich ihren Mantel an und ging gerade zur Bürotür, als ihr Telefon erneut klingelte.

Genervt verrollte sie die Augen, setzte sich aber in Bewegung, um das Telefon zu nehmen. Wieder war es der private Anschluss. Diesmal würde sie dieser Person eindeutig die Meinung sagen, was bildete diese Josefine sich denn ein? Am Ende war es nur ein dummer Schülerstreich, auf den sie reingefallen war. Ein Schüler könnte sich das alles nur ausgedacht haben, ohne zu wissen, dass es die Wirklichkeit ist. Aber war das überhaupt möglich?

Anja nahm das Telefon in die Hand, doch der Anrufer hatte bereits wieder aufgelegt, sie war zu langsam, zu sehr in ihre Gedanken vertieft.

„Hier ist die Mailbox von Rita Marx, bei wichtigen Anliegen hinterlassen Sie eine Nachricht nach dem Piep."

Anja legte wieder auf, sie wusste, dass Marx eine vielbeschäftigte Frau war, aber normal ging sie immer an ihr privates Telefon. Sie würde es einfach später noch einmal versuchen.

Anja legte das Telefon wieder beiseite und nahm sich stattdessen die Zeitschrift von dem kleinen Couchtisch und begann, diese zu lesen.

Kurze Zeit später kam dann auch schon Marie aus ihrem Zimmer.

„Mama, ich hab jetzt alles fertig, darf ich jetzt endlich zu Zoe rüber?"

„Ja, mein Schatz, jetzt ist es okay, aber bevor es dunkel ist, bist du wieder zuhause, dann gibt es Abendessen, außerdem ist morgen wieder Schule."

„Ich weiß, danke Mama."

Marie lief schnell in den Flur, um sich ihre Schuhe und Jacke anzuziehen. Die Tür flog ins Schloss und Anja sah Marie noch nach, bis sie bei den Zwillingen drüben ankam.

Nun widmete sie sich wieder dem Telefon und versuchte es erneut bei Rita Marx.

Es klingelte, einmal, zweimal, dreimal.

„Marx", erklang die Stimme forsch durch den Hörer.

„Hallo Rita, ich bin's, Anja."

„Ach hallo, ich hatte gar nicht mehr mit dir gerechnet, verzeih mir den bösen Ton, aber ich hatte eben einen durchaus merkwürdigen Anruf eines Mädchens und dachte erst, sie wäre es erneut."

„Was denn für ein Anruf?"

„Das ist egal, nur ein dummer Kinderstreich denke ich mal, nicht von Belang. Ganz im Gegensatz zu dem, weshalb ich dich versucht habe zu erreichen."

„Worum geht es denn? Wenn es sich um ein Belangen handelt, dann geht es bestimmt nicht um Marie und die Schule, richtig?"

„Da muss ich dir leider widersprechen. Es geht um die Schule und auch um deine Tochter, aber nicht nur um die, sondern auch um die Zwillinge. Es geschieht Unvorhergesehenes und ich hatte in den vergangenen Tagen unerwarteten Besuch."

„Ich verstehe nicht ganz, was hat Marie jetzt mit den Zwillingen zu tun?"

„Anja, tu bitte nicht so, als wäre es dir nicht von Anfang an klar gewesen, deine Tochter kommt nach dir und nicht nach ihrem Vater und demzufolge hat auch sie Kräfte."

„Das wissen wir noch nicht, sie hat das Alter noch nicht erreicht und … und außerdem darf sie das doch gar nicht, ich verbiete es."

„Anja, du weißt so gut wie ich, dass wir es nicht steuern können, und ich habe es gesehen. Eure Kinder, deine Tochter und die Zwillinge von Marisa, sie werden gemeinsam für die Sache kämpfen."

„Rita, ich verstehe nicht, was ist dein Belangen?"

„Ich habe dir doch grade von einem unerwarteten Besuch erzählt. Dieser Besuch war von Marisa."

„Das ist nicht möglich, das Band der Welten ist straff gespannt, sie kann nicht zu uns kommen und sie sollte es auch nicht, sie würde uns alle damit in große Gefahr bringen!"

„Doch, es ist möglich, ich habe selbst mit ihr gesprochen, aber nicht hier, nicht in der Menschenwelt, sondern in einer Zwischenwelt, die wir über Portale in der Schule erreichen können. Dort können wir uns für kurze Zeit treffen, sie hat mich bereits mehrfach aufgesucht und ich habe es zuerst auch nicht geglaubt, aber es ist möglich. Es gibt nur das ein oder andere Hindernis."

„Und was wäre das?"

„Wenn sie sich zu lange hier aufhalten würde, könnte Pablo ihre Materie ausfindig machen und die Kinder können sich dort noch nicht aufhalten, es ist noch zu früh. Marisa hat es schon versucht, doch sie ist sich unsicher, ob Zoe und Alfred es überhaupt richtig wahrnehmen konnten, sie denkt eher, die beiden empfanden den kleinen Ausflug mehr als Traum."

„So, und was genau soll ich da jetzt machen?"

„Es ist so, da du ja auch von Synovrom gekommen bist und Marisa besser kennst als jeder andere von uns, haben wir beide uns überlegt, dass wir dich mit ins Boot holen, sprich, wir drei würden uns in der Zwischenwelt treffen, Pläne schmieden und diese umsetzen, ohne dass Marisa vorzeitig auf die Erde zurückkehren muss, um ihre Kinder zu retten. Sie konnte bereits feststellen, dass sich die Schatten nähern und dass die Kinder vermutlich früher bereit sein müssen, als wir alle dachten. Es geht dabei nicht nur um die Zwillinge, sondern auch um Marie. Ich habe mir überlegt, das erste Treffen, wenn du denn einverstanden wärst, in zwei Tagen stattfinden zu lassen, du kommst dann einfach zu mir in mein Büro in der Schule und wir starten von dort aus."

„Für das Wohl der Kinder helfe ich euch, auch wenn ich damals gesagt habe, dass ich mit den Kriegern nichts mehr zu tun haben möchte und mich raushalten werde."

„Danke Anja, aber da ist noch eine Kleinigkeit, die ich vergessen habe zu erwähnen."

„Und was wäre das?"

„Du musst die Kinder auf ihre Aufgabe und den Umgang mit ihren Kräften vorbereiten, du bist unsere einzige Chance."

Anja ließ den Hörer sinken. Sie sollte also für das Wohl aller und den Fortbestand des Planeten verantwortlich sein, diese Aufgabe erschien ihr fast unmöglich.

„Okay", flüsterte sie in den Hörer, bevor sie auflegte.

Kapitel 19

Zoe sah ihren Bruder entgeistert an, wie konnte das nur sein, wie war es nur möglich gewesen, dass Alfred scheinbar einen Brief von ihrer Mutter erhalten hatte? Zoe war sich nun ganz sicher, es war kein Traum gewesen, oder etwa doch? Sie wusste es nicht so recht einzuordnen, was gerade um sie herum geschah. Ihr Mund stand offen, sie sah Alfred entgeistert an und er tat es ihr gleich. So standen sich die Kinder einige Minuten gegenüber und keiner wagte es so recht, sich auch nur zu bewegen. Die Zeit, die verstrichen war, kam den Zwillingen wie eine halbe Ewigkeit vor, aber ein Blick auf die Uhr verriet den beiden, dass es schlappe zwei Minuten gewesen waren. Die Zeit um sie herum schien stillzustehen. Zoe war es, die als erstes ihre Sprache wiederfand.

„Hast du ihn schon geöffnet?", fragte sie vorsichtig.

Alfred schüttelte als Antwort auf ihre Frage nur den Kopf. Auf Zoe machte es den Eindruck, als wäre ihr Bruder ehrfürchtig dem Brief gegenüber. Er wirkte verändert im Vergleich zu den vergangenen Tagen. Es hatte sich etwas verändert, aber nicht zwischen den beiden, es war eine Veränderung an den beiden, an jedem der Kinder selbst.

Alfreds Blick löste sich aus seiner Starre und wanderte an ihm selbst hinab. Als er jedoch keine äußerlichen Veränderungen an sich selbst feststellte, blickte er seine Schwester an. Zoe hatte eine andere Ausstrahlung, sie hatte sich ins Positive verändert, seine Schwester, das spürte er, war wieder bei ihm.

Sie waren zwar nicht räumlich voneinander getrennt gewesen, jedoch mental. Ein Lächeln schlich sich auf das Gesicht des Jungen und Zoe tat es ihm gleich. Die Arme der Zwillinge hingen nun einfach nach unten, in den Händen noch immer fest die Briefe ihrer Mutter haltend. Zoe blickte auf den Brief in Alfreds Hand und sprach: „Wir sollten ihn öffnen."

„Ich weiß, aber ich habe Angst, Angst vor dem, was wir gleich lesen werden."

„Ich habe auch Angst. Alfred, du kannst dir gar nicht vorstellen, wie groß sie ist, ich muss dir dringend noch was erzählen, das habe ich dir bisher verschwiegen, aber wenn du Mama auch gesehen hast, dann ist es genau hier und jetzt an der Zeit."

Der Junge sah seine Schwester gespannt an, als diese den Mund öffnete, um fortzufahren.

„Zoe hat mir zwar heute in der Schule gesagt, dass sie sich vertan hat und doch keine Zeit hat, sich heute mit mir zu treffen, aber ich gehe trotzdem mal rüber, sie wird ihre Meinung dann bestimmt wieder ändern. Momentan ist sie so wankelmütig, was ihre Entscheidungen und Pläne betrifft. Genau wie gestern, erst wollten wir in die Stadt gehen und dann kam Blake und wir haben dann doch was mit ihm unternommen. Es ist fast so, als wäre er es, der sie so sehr aus dem Konzept bringt."

Marie überwand den großen Garten und lief freudig zum Haus von Zoe und Alfred hinüber, so wie sie es fast täglich tat. Seit Blake in der Stadt war, unternahmen sie jedoch immer öfter Dinge gemeinsam und die beiden Freundinnen sahen sich eher selten allein. Ausnahmen bildeten da ihre geheimen Treffen spät in der Nacht in Maries Baumhaus. Aber auch da hatte Marie in den letzten Tagen immer wieder das Gefühl gehabt, als wären sie dort nicht allein, sie hatte sich stets beobachtet gefühlt.

Marie betrat die niedrige Stufe vor dem Haus ihrer besten Freundin, sie streckte den Zeigefinger ihrer rechten Hand aus und betätigte die Klingel. Wie sie es immer tat, trat sie einen Schritt zurück und wartete darauf, dass Zoe ihr öffnete.

Die Zwillinge zuckten beim Ertönen der Klingel zusammen. Sie waren so in sich gekehrt gewesen, dass die Klingel sie wieder in die Realität holte. Ihr Blick wanderte zur Tür und Zoe setzte sich in Bewegung, um diese zu öffnen. Sie war verwirrt, als sie diese öffnete und sah, wer dort vor ihr stand.

„Marie, was machst du hier?", fragte sie und scheute sich nicht davor, ihre Verwirrung zu zeigen.

„Na, wir waren doch verabredet, das mache ich hier!", grinste das Mädchen zwischen den Worten.

„Das hast du falsch verstanden, ich habe doch gesagt, dass ich keine Zeit habe. Es hat sich etwas Wichtiges ergeben und deshalb müssen wir unser Treffen verschieben."

„Das ist wirklich dein Ernst, oder?"

Zoe nickte stumm und warf einen Blick in Richtung Alfred, der bemüht war, sich aus dem Gespräch zwischen den Mädchen rauszuhalten.

„Alles klar, wir sehen uns dann morgen in der Schule, zumindest wenn dir da dann nicht auch etwas Wichtigeres dazwischenkommt."

„Werden wir und wird es nicht. Ich erkläre dir alles am Wochenende, zur gewohnten Zeit am gewohnten Platz, allein."

Marie hatte sich bereits zum Gehen abgewandt, nickte aber, das konnte Zoe genau erkennen. Sie schloss die Tür wieder, als ihre Freundin den Heimweg angetreten war.

Alfred warf seiner Schwester einen fragenden Blick zu, doch diese zuckte nur mit den Schultern. Ihr war vor lauter Schreck der Brief aus der Hand gefallen und der lag nun mitten im Flur auf dem Fußboden. Sie hob ihn wieder auf und bedeutete Alfred, dass er den Brief, den er heute erhalten hatte, öffnen solle. Bevor er dies tat, setzten sich die zwei im Wohnzimmer auf das Sofa.

Behutsam und darauf bedacht, das Papier nicht zu beschädigen, öffnete er den blauen Brief. Das Briefpapier, das zum Vorschein kam, sah genauso aus wie das des Briefes, den die beiden als kleine Kinder von ihrer Mutter erhalten hatten.

Von Mama

Meine geliebten kleinen Engel, ich musste euch schon früh verlassen. Ich weiß, es war anfangs eine schwere Zeit, doch ich konnte es spüren, spüren, dass ihr es schafft. Ihr dürft keinem Menschen davon erzählen, was ihr gleich lesen werdet. Ihr beide seid die Auserwählten. Ihr stammt, genauso wie ich, nicht von dieser Welt. Euer wahres Zuhause liegt auf Synovrom. Das ist ein Planet in der dritten Galaxie der Erde. Versucht nicht, mich zu finden, im Laufe der Zeit werde ich mit euch in Kontakt treten und euch alles erklären.

Weint nicht um das, was war, sondern seid stark für die Zukunft, ihr werdet diese Stärke brauchen.

In Liebe, eure Mama

„Der Brief ist tatsächlich von Mama", stellte Alfred fest.

„Dann war das also kein Traum, sie war wirklich hier", sprach Zoe weiter.

„Was war kein Traum?", warf Alfred ein.

„Hm?"

„Du hast etwas von ‚Es war kein Traum' erzählt, jetzt rück raus mit der Sprache, was weißt du, was ich nicht weiß?"

„Ich weiß nicht mehr als du, aber mir sind Dinge passiert, komische Dinge, Dinge, die ich nicht zu begreifen wagte. Erst jetzt, mit dem Brief hier wird mir so manches klarer, habe ich das Gefühl."

„Dir auch?", fragte Alfred verblüfft.

„Wie, mir auch, jetzt verwirrst du mich, was geht hier vor?"

Kapitel 20

Schon als der Junge von seinem Vater auf die Erde geschickt wurde, hatte dieser ihm den Energieball mitgegeben. Blake hatte zu diesem Zeitpunkt nicht verstanden, wozu er diesen brauchen würde. Erst am heutigen Tag in der Schule wurde es ihm klar. Der Ball war erwacht, in seinem Spind, er hatte Energieströme freigesetzt, welche sich mit lauten Schlägen in seinem Spind geäußert hatten. Ihm kamen viele Schüler entgegen und manche sprachen ihn sogar auf die Geräusche an, doch er wimmelte sie schnell ab. In diesem Alter, in dem sie alle waren, schienen die Erdenkinder besonders neugierig zu sein. Als Blake dann vor seinem Spind gestanden hatte, konnte er die Geräusche vernehmen, aber so recht zuordnen konnte er diese nicht. Er hatte den Energieball zwar dort hineingelegt, ihn aber völlig vergessen. An seinem ersten Tag an der neuen Schule wurde er von Zoe und Marie herumgeführt und er war so perplex gewesen, dass es ihm entfallen war. Schon ab Sekunde eins hatte er einen Narren an den Mädchen gefressen. Noch bevor sie sich ihm vorgestellt hatten, hatte er ihre enorme Energie gespürt und bei Zoe sogar noch mehr. Er konnte ihre Seele nicht erblicken, sie war geschützt, aber warum, irgendwas an ihr war anders. Er hatte schon viele von ihnen kennengelernt und bei keiner war es so gewesen wie bei Zoe, sie war außergewöhnlich und gleichzeitig so normal. So etwas konnte man nicht so galant verbergen, wie sie es tat. Es musste einen Grund dafür geben, wieso er sie nicht einsehen konnte.

Als er den Energieball dann zum ersten Mal in seiner aktivierten Form in seinen Händen gehalten hatte, war er nicht mehr er selbst gewesen. Ihn durchfloss die Energie und seine Seele wurde umkreist. Die Energie nahm ihn völlig ein, er hatte keine Kontrolle mehr über sie und auch nicht über sich selbst. Er wusste, dass sein Vater ihn nutzte, er nutzte seinen eigenen Sohn, um seine heimtückischen Pläne aus der Ferne durchsetzen zu können.

Blake wusste, dass die Barriere zwischen den Universen noch zu schwach war, dass die Krieger hindurch gelangen konnten. Die Ältesten des synovromianischen Rates hatten die Barriere vor vielen Jahrtausenden so geschaffen, dass es nur Mitgliedern möglich war, durch die Barriere zu anderen Welten und Universen zu gelangen. Doch irgendwie war es seinem Vater gelungen, die Barriere zu schwächen und es würde ihm auch noch gelingen, sie ganz zu zerstören, und dann stand dem Untergang der Erde nichts mehr im Weg.

Auch wenn Blake sein Sohn war und eigentlich ganz und gar hinter seinen Vorhaben stehen sollte, tat er das nicht. Der Junge war nicht wie sein Vater, durch seine Venen floss kein böses Blut. Er hatte einst eine reine Seele gehabt, so wie seine Mutter es immer gewollt hatte. Nach ihrem Ableben, welches sein Vater provoziert hatte, verbannte er all das Gute aus der Seele des Jungen. Doch was er nicht gewusst hatte, Blake war stärker als sein Vater, seine Mutter war in seine Seele geschlüpft, um den Jungen zu behüten. Blake und auch Pablo wussten das nicht und so konnte sie ihren hinterlistigen Mann hintergehen.

Irgendwann, das wusste sie, würde sie wieder aus ihrem Jungen heraustreten und ihm helfen. Doch diese Zeit war noch nicht gekommen. Jetzt war es erstmal wichtig, dass Pablo nicht die Seele ihres Sohnes an sich riss und ihn auf die Seite des Bösen zog. Sie wollte verhindern, dass Pablo an die Macht kam, dass er den Rat stürzte und das größtmögliche Unheil anrichtete.

Sie kannte Pablo viele Jahre und auch wenn er ihr anfangs ein guter Mann gewesen war, so hatte sie schon immer gewusst, dass er für Unheil sorgen würde. Ihre Gabe, die Zukunft einsehen zu können, hatte sie Blake nicht geschenkt, er war noch jung und sollte seine Zukunft nicht kennen. Es genügte, wenn sie diese kannte. Ihr Junge sollte seinen eigenen Weg gehen, sie half ihm nur dabei, eine starke und unverwundbare Seele zu erlangen, seine Stärken auszunutzen und seine Schwächen zu erkennen. Konnte sie es damals nicht tun, so tat sie es jetzt.

Ihre Tarnung war perfekt, keiner wusste, dass sie da war, keiner konnte sie sehen oder erkennen. Ihre Seele war durch die ihres Sohnes geschützt und auch Pablo konnte sie nicht finden. Hätte er davon gewusst, so hätte er Blake schon vor vielen Jahren das Leben genommen.

Pablo konnte ihren Jungen zwar beeinflussen, aber nie für lange und nie so stark, dass er zu ihm stand. Er hatte den Jungen damals zum Krieger wider Willen gemacht und versuchte, ihn zu einer leeren, seelenlosen Hülle zu machen, doch das gelang ihm nicht.

Kapitel 21

„Alfred, sag mal, das, was in dem Brief steht, glaubst du, es ist wirklich wahr?"

„Was meinst du, das stand da doch, Mama wird zurückkommen!", sprach der Junge euphorisch.

„Nein, das meine ich doch gar nicht, ich meine den anderen Teil, den Teil, wo sie geschrieben hat, dass wir nicht von hier kommen, dass wir keine richtigen Menschen sind, zumindest klang das so."

„Ich weiß es nicht, aber es könnte schon stimmen, ich meine, wieso sonst sollten uns diese merkwürdigen Dinge widerfahren? Wieso hast du plötzlich ein Brandmal auf deinem Arm und wieso bekomme ich einen Brief von Mama und sehe kurzzeitig aus wie ein Monster?", sprudelte es aus Alfred heraus.

„Wie meinst du das denn jetzt schon wieder?"

„Was?"

„Na, das mit dem Monster, du siehst doch aus wie immer." Zoe hatte die Augen ein Stück weit zusammengekniffen und sah ihren Bruder mit einem verwirrt fragenden Blick an. Erst jetzt bemerkte der Junge, was er da gerade gesagt hatte. Er hatte seiner Schwester ja noch gar nicht von der komischen Situation erzählt, zumindest nicht von diesem Part. Verlegen rieb er sich mit der linken Hand den Nacken. Sein Blick war gesenkt, als er zu erzählen begann.

„Ich hab dir das noch nicht erzählt, du warst so sauer auf mich und ich wusste nicht, wieso und da hatte ich halt einfach das Gefühl, dass du mir eh nicht zuhören würdest und …"

„Mann, Alfred, mir geht es doch genauso wie dir, es passieren aktuell so viele schräge Sachen, da wusste ich nicht mit umzugehen. Ich hielt es für eine gute Idee, einfach auf Abstand zu gehen, ich komme damit doch selbst nicht klar", unterbrach ihn Zoe abrupt.

„Okay, dann erzähle ich dir die Wahrheit, aber versprich mir, dass du mir glaubst."

„Versprochen, du bist doch mein Bruder, ich würde nie etwas tun, was dich verletzt."

„Also, ich habe dir ja bereits erzählt, dass ich glaube, dass ich Mama in der Schule gesehen habe. Genauer gesagt, ich bin mir da sogar sicher. Sie hat mit mir gesprochen, aber es hat sich angehört, als wäre sie nicht in der Schule direkt gewesen, sondern weit weg. Ihre Stimme hallte wie in einem Tunnel, aber ich habe sie gesehen, das schwöre ich dir. Es war richtig seltsam, denn ich war auf dem Weg zu meinem Spind und als hätte sie Angst gehabt, ich könnte meinen Weg noch ändern, hat sie mich dort hingeführt. Als ich sie zum ersten Mal erblickt habe, waren auch noch ganz normal die ganzen Schüler auf dem Gang, aber als sie dann angefangen hat, mit mir zu sprechen, waren sie plötzlich weg. Die Schule war wie leergefegt. Je mehr sie mit mir sprach, desto weiter entfernte sie sich von mir, ich konnte ihr nicht nachlaufen, ich konnte gar nicht mehr laufen. Dann habe ich geschrien, weil ich etwas Gruseliges gesehen habe, mich. Ich war ganz plötzlich nicht mehr ich, ich habe ausgesehen wie ein Monster, ich hatte, woher auch immer, Fell und lange, spitze Ohren. Erst dachte ich, es wäre Einbildung, aber dann kam ich an einem Spiegel vorbei und der hat es mir deutlich gezeigt. Mama war in der Zwischenzeit bereits hinter der nächsten Ecke verschwunden, aber sie wollte immer noch, dass ich ihr folge. Ich hatte den Blick von meinem Spiegelbild abgewandt und wollte laufen, einfach nur zu Mama, ihre Anwesenheit versprach uns doch immer Sicherheit und Geborgenheit und ich habe mich so allein gefühlt. Dann ist etwas passiert, was ich bis heute nicht verstehe, ich bin um die Ecke gelaufen, es ging wieder und ich sah auch wieder normal aus, wie jetzt auch. Mama war weg, die Schüler waren alle wieder da und dann habe ich den Brief in der Tür meines Spinds hängen sehen."

Zoe sah ihren Bruder verwundert an. Wieso hatte sie nicht gemerkt, wie es ihm ging, früher war ihr das doch auch immer möglich gewesen? Anstatt etwas zu sagen, trat sie nah an ihn heran und nahm ihn in den Arm. Es schien eine Ewigkeit ins Land zu ziehen, in der sie nur so dastanden, so tief miteinander verbunden wie seit Langem nicht mehr.

Zoe trat einen Schritt zurück und hielt ihren Bruder dabei mit den Händen an den Schultern fest. Sie blickte ihm tief in die Augen und sprach sanft:

„Alfred, es tut mir unendlich leid. Ich weiß doch auch nicht, was mit mir los war, seit dieser Nacht fährt mein Kopf Karussell, ich fühle mich an manchen Tagen nicht mehr wie ich selbst und das macht mir große Angst."

„Wir schaffen das, zu zweit", sagte Alfred entschlossen.

Marie war den Heimweg angetreten, eigentlich wollte sie nicht nachhause, sie hatte ihrer Mutter gesagt, sie wäre bei Zoe. Sie wäre sicherlich enttäuscht von ihrer Tochter, wenn sie ihr erzählen würde, dass Zoe ihr schon in der Schule gesagt hatte, dass sie keine Zeit hatte. Marie war manchmal ein so großer Sturkopf, sie wollte ihren Willen durchsetzen. *Typisch Einzelkind*, dachte sie sich dann immer. Sie fühlte sich unvollkommen ohne ihre beste Freundin, es kam ihr vor, als würde ein Teil von ihr fehlen.

Mit dem rechten Fuß kickte sie ein Steinchen in Richtung Straße, es war grau und perfekt rund, aber sie schenkte ihm keine Beachtung. Solche Steine hatte sie schon reihenweise gesehen. Mit Mühe unterdrückte sie eine Träne. Sie wollte sich keinem Menschen außer Zoe gegenüber verletzlich zeigen, nicht mal ihrer Mutter.

Sollte sie wirklich heimgehen und sich den Worten ihrer Mutter aussetzen oder sollte sie einfach weitergehen? Würde es denn jemandem auffallen, wenn sie nicht nachhause kam? Würde es jemand bemerken, wenn sie verschwand? Aber wohin sollte sie gehen, es gab für sie keinen Zufluchtsort, den niemand kannte. Marie entschloss sich für den kürzesten Weg, sie ging heim. Als sie die Haustür aufschloss, hörte sie kein Wort. War Mama überhaupt noch da?

Marie ging leise in ihr Zimmer.

Anja saß tief in Gedanken versunken auf dem Sofa. Das Gespräch mit Rita hatte sie dorthin befördert. Sie überlegte angeregt hin und her, wie sie es anstellen sollte, die Kinder in die aktuellen Geschehnisse einzuweihen. Sollte sie auf die drei gleichzeitig zugehen oder mit jedem einzeln sprechen? Sie musste mit Marisa reden und sie um Rat fragen. Anja stand auf und machte sich auf den Weg.

Marie hörte, wie ihre Mutter das Haus verließ. Sie hatte es scheinbar wirklich nicht gehört, als sie reingekommen war. Wo wollte ihre Mutter denn hin? Marie war völlig planlos.

Kapitel 22

Sie fuhr schneller, als die Geschwindigkeitsbegrenzung es zuließ. Sie musste zu Marisa, dringend. Jetzt, wo sie wusste, wo sie ihre Freundin finden konnte, musste sie mit ihr sprechen. Das Telefonat hatte ihr erst aufgezeigt, wie sehr sie es vermisst hatte, sie nicht mehr bei sich zu haben. Jeden Tag, an dem sie die Kinder aufwachsen sah, wurde ihr immer klarer, dass Zoe und Marie wie sie und Marisa waren. Auch sie waren unzertrennlich und nur im Team stark. Jede für sich einzigartig und stark, aber zusammen unbesiegbar. Auch, wenn sie wusste, dass sie ihre eigene Tochter ebenso schützen musste wie die Zwillinge, war es dennoch ein Schock gewesen, dass Marie so tief in der Sache steckte. Ihre Tochter hatte keine Ahnung von den Geschehnissen, auch wenn Anja sich fast sicher war, dass die Mädchen sich bereits über so manches Detail ausgetauscht hatten. Natürlich wusste sie davon, dass sich die Kinder ab und an im Baumhaus trafen, sie war schließlich Mutter und verfolgte die Geräusche im Haus. Marie hatte sie bislang aber in dem Glauben gelassen, dass sie nichts davon wusste. Es war immer besser so gewesen, ihre Tochter sollte ein unbeschwertes und normales Leben haben, das war immer ihr Ziel gewesen, aber dieses Ziel musste sie nun über Bord werfen.

Anja bog die letzte Straße links ab und fuhr auf den Parkplatz der Schule. Sie war die ganze Fahrt über so in ihren Gedanken versunken gewesen, dass sie gar nicht bemerkt hatte, dass sie schon angekommen war. Die dreißigminütige Autofahrt war wie im Flug vergangen. Von Rita wusste sie, dass Marisa sich stets in der Zwischenwelt aufhielt. Sie war in den letzten sieben Monaten nicht einen einzigen Tag zurück nach Synovrom gekehrt. Zu sehr war sie mit der Beobachtung der Welten beschäftigt gewesen. Sie hatte stets die Barriere im Blick gehalten, um alle frühzeitig warnen zu können. Anja hatte dennoch gehofft, dass Marisa selbst aktiv werden konnte, doch alles geschah zu früh. Der Zeitplan, den sie vor langer Zeit geschaffen hatten, hatte sich verschoben. Pablo hatte es geschafft, die Barriere zu schwächen und seinesgleichen in die Welt der Menschen einzuschleusen. Anja hatte sie selbst schon gesehen, sogenannte Schatten, sie waren nah, an manchen Tagen schon zu nah an der Seite der Kinder. Es musste sich etwas ändern, doch wie um Himmels Willen sollte sie das anstellen?

Sie öffnete die Tür ihres Autos und schwang ihre Beine hinaus. Nachdem sie sich ihre Handtasche geschnappt hatte, warf sie die Fahrertür wieder zu, verschloss ihr Auto und lief strammen Schrittes in die Schule. Trotz dessen, dass der Unterricht bereits seit über zwei Stunden vorbei war, war die Eingangstür des Schulgebäudes nicht verschlossen. Anja kam es so vor, als würde man sie erwarten. Langsam öffnete sie die Eingangstür, diese knarrte leise beim Öffnen und jagte der Frau dabei einen Schauer über den Rücken. Das unheimliche Geräusch passte perfekt zu der unheilvollen Stimmung im Gebäude. Sie sah sich um, doch alles war dunkel, keiner schien da zu sein.

Geradewegs steuerte sie das Büro von Rita Marx an. Als sie die Türklinke hinunterdrücken wollte, hörte sie ein Geräusch. Sie fuhr herum, entdeckte jedoch keinen.

Waren die Schatten nun auch schon hier?, überlegte sie. Entschlossen drückte sie die Türklinke hinab und öffnete die Tür. Noch bevor sie die Tür wieder geschlossen hatte, legte sich eine Hand von hinten auf ihren Mund. Anjas Augen weiteten sich und die Panik stieg in ihr auf. Ihre Atmung beschleunigte sich rapide.

„Leise, wir sind nicht allein", flüsterte eine Frauenstimme, welche ihr wohl bekannt war. Im gleichen Augenblick wurde die Hand von ihrem Mund genommen.

„Mann, was soll denn das? Du hast mir den Schreck meines Lebens eingejagt, ich dachte, jetzt wäre es vorbei, ich dachte, Pablo wäre hier", flüsterte Anja energisch.

Marx legte den Zeigefinger auf ihre Lippen und deutete Anja mit einer Handbewegung, ihr zu folgen. Sie zog an einem Buch aus dem Regal und eine Energiewelle transportierte die beiden in die Zwischenwelt. Anja war verblüfft. So lange war sie nicht mehr von der Erde gegangen, viele Jahre, in denen sie ihre Kräfte und Fähigkeiten versteckt hielt. Der Raum, in dem sie nun standen, war altmodisch eingerichtet. In ihm befanden sich dunkelbraune Ledersessel, zahlreiche Bücher und ein Schreibtisch aus Eiche. An diesem stand ein schwarzer Stuhl, die Lehne war zum Raum gedreht, sodass die Person, welche auf ihm saß, in Richtung der Wand schauen musste. Er war drehbar und Anja konnte genau erkennen, dass jemand auf ihm saß.

Es war still, keiner wagte es, etwas zu sagen, die Stimmung war sehr angespannt, die im Raum befindliche Energie knisterte. Außer ihr waren keine Geräusche zu vernehmen.

„Ich habe bereits auf euch gewartet", brach die Stimme der Person auf dem Stuhl das Schweigen. Sie drehte sich samt dem Stuhl herum und blickte die zwei Frauen an. Es war Marisa, deren Miene sich sofort erhellte, als sie ihre Freundin Anja erblickte. Anja war weniger geschockt, als sie es gedacht hatte. Sie war so lange nicht mehr ungehorsam den Kriegern gegenüber gewesen, das Adrenalin schoss durch ihre Venen und verlieh ihr Mut.

Marisa stand auf und ging zu Anja, sie war sichtlich froh, dass sie sich doch durchringen konnte, ihr zu helfen.

„Marisa, ich habe mit Rita gesprochen und sie hat mir alles erzählt. Ich weiß, wir haben nicht viel Zeit, aber du musst mir helfen. Wie soll ich es anstellen, die Kinder einzuweihen?"

„Oh meine liebe Freundin, ich bin so froh, dich zu sehen und bald werden wir dies auch wieder öfter können. In deinem Herzen weißt du, was du tun musst, ich werde nicht dabei sein können, ich muss dir vertrauen."

„Alle oder einer?", fragte Anja verzweifelt.

„Alle gemeinsam, nur gemeinsam sind sie stark genug. Ich habe den ersten Schritt getan und versucht, meine Kleinen in diese Welt hier zu lotsen, doch sie sind noch nicht bereit. Sie haben es als Hirngespinste abgetan. Ich habe ihnen einen Brief zukommen lassen und sie auf den richtigen Weg geleitet. Jetzt ist es an dir, sie abzuholen. Ich konnte sehen, dass die Mädchen sich in zwei Tagen wieder im Baumhaus treffen werden, triff sie dort an und bring Alfred mit, gemeinsam kommt ihr dann zu mir. Ich werde ihnen morgen noch eine letzte Nachricht schicken, bevor wir uns alle wiedersehen werden. Es ist riskant, aber der einzige Weg, sie alle zu schützen."

Noch bevor Anja oder Rita sich dazu äußern konnten, hatte Marisa sich von ihnen abgewandt. Sie ging zurück zum Schreibtisch und legte ihre linke Hand auf dessen Unterseite. Es schien so, als suchte sie dort nach etwas. Bereits nach wenigen Sekunden sahen die beiden Frauen, was ihre Freundin dort tat. In der Mitte des Raumes tat sich ein Hologramm auf. Es zeigte zunächst die Erde und den Weg nach Synovrom. Der Weg war dunkel und blass, alle Beteiligten wussten, was dies zu bedeuten hatte. Die Schatten hatten den Weg besetzt, die Barriere wurde immer schwächer und die Krieger konnten sie schon bald durchdringen, wenn sie nicht schleunigst etwas unternahmen.

Anja nickte stumm, sie wusste, was zu tun war, sie musste zurück und alles Nötige vorbereiten.

„Sind sie weit genug, um den Weg unbeschadet zu überstehen?", fragte Anja ernst.

„Ja, das sind sie", sprach Marisa, bevor sie verschwand.

Für sie war der Aufenthalt in mehreren Welten noch zu gefährlich, ihre Zeit war knapp.

Anja wusste, was sie tun musste, einfach normal verhalten, diese kurze Zeit über würde sie das schaffen. Auf der Heimfahrt hatte sie Marisas Worte im Kopf. Es war an ihr, sie alle zu retten.

Kapitel 23

Wieso war sie nicht in der Lage dazu, wieso konnte sie Alfred nicht erzählen, was in dieser Nacht passiert war, bevor er sie schreiend in ihrem Zimmer vorgefunden hatte? Er hatte es doch auch geschafft, ihr die ganze Geschichte zu erzählen, und seine Geschichte war nicht ungewöhnlicher als die Ihre. Auch von dem Besuch, den sie von ihrer Mutter erhalten hatte, wusste ihr Bruder bis heute noch nichts. Sollte sie es ihm erzählen? Schließlich war es eine ähnliche Situation wie die, die er in der Schule erlebt hatte.

„Du, Alfred ...", begann Zoe und sofort hatte sie die ungeteilte Aufmerksamkeit ihres Bruders.

Die Zwillinge saßen grade auf dem Bett von Zoe und spielten Karten. Am gestrigen Mittag hatte sie nicht den Mut gehabt, ihrem Bruder die ganze Wahrheit zu erzählen, aber sie beschloss nun, mutig zu sein, ihm wieder einen Einblick in ihre Seele zu gewähren.

„Du hast mir ja gestern die Geschichte erzählt, die mit Mama und dem Brief. Mir ist was Ähnliches passiert, aber ohne Brief. Ich nehme mal an, dass es bei mir dann wohl doch keine Einbildung war. Als du mir das gestern erzählt hast, dachte ich stellenweise, du hast meine Geschichte erzählt, sie aber umformuliert."

„Hä, nein, wieso sollte ich das denn machen?"

„Weiß nicht, jedenfalls ist mir das schon vor einigen Tagen passiert, da war ich zuletzt bei Marie."

„Das habe ich gar nicht mitbekommen, aber kann es sein, dass es war, kurz bevor du so seltsam zu mir geworden bist?"

„Kann sein, ich stand die letzten Tage etwas neben mir und dann kam Frau Fex noch auf Marie und mich zu und hat uns gebeten, den Neuen, du kennst Blake ja auch, herumzuführen und ihm alles zu zeigen. Es war alles ziemlich viel, aber als ich auf dem Weg zu Marie war, da ist mir etwas sehr Seltsames passiert und in ihrem Baumhaus dann gleich noch einmal."

„Zoe, jetzt rück doch endlich raus mit der Sprache, es wird dir und uns helfen, da bin ich mir sicher. Denk an den neuen Brief von Mama, vielleicht hat es damit etwas zu tun."

„Ach, du hast ja Recht. Also, ich hab mich vor ein paar Tagen heimlich mit Marie in ihrem Baumhaus getroffen, es war schon sehr spät. Wir haben extra gewartet, bis alle geschlafen haben. Aber zunächst kam ich erstmal gar nicht zu Marie. Ich hatte das Gefühl, eine halbe Ewigkeit für den Weg zu ihr zu brauchen. Ich dachte permanent, mich beobachtet und verfolgt jemand, aber da war keiner, nicht mal eine Katze. Plötzlich war der Garten von Marie dann richtig weit in die Ferne gerückt und ihr Haus habe ich fast nicht mehr erkannt. Ich konnte laufen, so schnell ich wollte, kam aber trotzdem nicht voran. Dann umfing mich eine tiefschwarze Dunkelheit, ich konnte nichts mehr sehen. Es war, als wäre ich in einem Tunnel gefangen, ein Tunnel aus Erinnerungen. Alfred, ich habe so viele Dinge gesehen, es war so schrecklich unheimlich. Dann war der Tunnel plötzlich wieder verschwunden, es war auch wieder hell, aber dann war es dunkel in meinem Inneren. Ich hatte keinerlei Erinnerung mehr an mein Leben, alles war weg, ich wusste auch nicht, wo ich war oder was ich da wollte. Nur wenige Augenblicke danach war alles wieder normal, ich bin dennoch zu Marie gegangen, schließlich waren wir ja verabredet."

Mit einer Handbewegung bedeutete Alfred ihr, eine kurze Pause einzulegen. Er wollte seine Schwester etwas fragen, aber ohne sie einfach zu unterbrechen.

„Zoe, wieso habt ihr euch eigentlich so spät getroffen, wieso mussten alle schon schlafen?"

„Naja, wir wollten halt nicht, dass es einer mitbekommt. Ich musste Marie einfach von dem Brandmal erzählen, es hat mir keine Ruhe gelassen. Du weißt doch, wir reden immer und über alles. Aber das war so schräg, ich wollte einfach nicht, dass es sonst noch einer mitbekommt", sagte Zoe verlegen.

„Okay, erzähl weiter", sagte Alfred sanft.

„Also, ich war dann am Baumhaus und du wirst es nicht glauben, das Zeichen an meinem Arm ist da wirklich ins Holz geschnitzt. Dann habe ich mit Marie gesprochen, alles ganz normal bis dahin. Plötzlich war das Licht im Baumhaus aus und Marie, sie war einfach weg. Ich hatte nur mal kurz die Augen zu. Ich dachte mir schon: ‚Oh nein, nicht schon wieder, was stimmt nur nicht mit mir?' Dann habe ich sie gehört, diese Stimme, diese sanfte, liebevolle Stimme. Die Stimme von Mama. Ich habe meine Augen wieder geöffnet. Ich stand und Mama mir gegenüber. Sie hat mir etwas erzählt, aber ich war so überrumpelt von der Situation, dass ich leider vergessen habe, was es war. So schnell, wie Mama da war und alles um mich herum weg, so schnell war es dann auch wieder vorbei. Marie war wieder da, alles in dem Baumhaus auch, es war, als wäre es ein Traum gewesen. Aber Alfred, eins musst du mir glauben, ich hatte die ganze Zeit über das Gefühl, dass es kein Traum war."

Zoe war völlig aufgewühlt, über diese unnormale Situation zu reden fiel dem sonst so starken Mädchen schwer. Sie konnte all diese Dinge nicht einordnen.

„Das klingt wirklich schräg, aber wenn wir doch beide sowas erlebt haben, dann muss es doch etwas zu bedeuten haben, oder?"

„Ganz ehrlich, ich habe keine Ahnung", sagte Zoe kopfschüttelnd.

„Warte, ich hole den Brief noch einmal. Der wird uns Aufschluss geben. Ich habe ihn im Flur in die oberste Schublade der Kommode gelegt", sagte Alfred, bevor er losrannte, um den Brief zu holen.

„Zoe, komm schnell!", rief Alfred panisch. Das Mädchen eilte zu seinem Bruder. Dieser stand am Treppenabsatz und zeigte mit zittrigem Finger auf den Spiegel im Flur.

Ihr seid in großer Gefahr.
Sucht den Rat der Mächtigen auf.
Nur sie können euch retten.

„Was zum …", hauchte Zoe.

„Das war Mama", flüsterte Alfred und ließ seinen Zeigefinger wieder sinken.

Kapitel 24

Die ersten Sonnenstrahlen des Tages bahnten sich einen Weg durch den Rollladen in Maries Zimmer. Sie trafen genau das Gesicht des Mädchens und weckten es sanft aus seinem Schlaf. Auch wenn es Wochenende war und sie für gewöhnlich ausschlafen konnte, war sie meist schon früh auf den Beinen. Sie ging dann ins Wohnzimmer und sah sich im Fernsehen Cartoons an, solange ihre Mutter noch schlief.

Am heutigen Tage jedoch schien alles anders, Marie war nicht in der Stimmung zum Aufstehen. Sie drehte sich in ihrem Bett wieder um und zog sich die Decke bis über die Ohren. Sie wollte heute von der Welt dort draußen rein gar nichts wissen. Sie schlief zwar nicht mehr ein, aber das war ihr egal, sie wollte einfach nicht aufstehen oder etwas machen. Auch wusste sie, dass sie sich für heute Abend wieder mit Zoe im Baumhaus verabredet hatte, selbst darauf hatte sie keine Lust mehr. Als sie aufgewacht war, hatte sie bereits überlegt, das Treffen einfach abzusagen, aber dann fiel ihr wieder ein, dass ihre beste Freundin ihr noch das Ende einer Geschichte schuldete.

In der vergangenen Nacht hatte Marie einen super-seltsamen Traum gehabt. Sie hatte von einem Planeten geträumt, der rosa war. Sie hatte so einen Planeten noch nie zuvor gesehen, aber er hatte so real gewirkt. Um ihn herum waberte dunkler Nebel, mal mehr, mal weniger. Und auch die Erde hatte sie gesehen, ganz in der Ferne, winzig klein. Es war merkwürdig, denn auch Zoe und Alfred kamen in ihrem Traum vor, sie hatte die beiden an ihrer Stimme erkannt, nicht aber an ihrer Gestalt. Ihre Freunde sahen aus wie an Karneval, sie waren verkleidet, Zoe als Fee und Alfred als haariger Troll. Die Kostüme waren so schön, Marie wollte sie am liebsten haben. In ihrem Traum standen die drei auf einem riesigen Platz, der auf einem Berg gelegen war. Hier war es wunderschön, überall wuchsen Blumen. Um Zoe schwirrten zu jeder Zeit bunte Schmetterlinge. Die drei waren allein, als plötzlich alles umschlug. Es wurde dunkel und ein starker Wind zog auf. Alfred war zu einem Riesen mutiert und urplötzlich standen diese Männer vor ihnen, ganz in schwarz gekleidet. Ihre Gesichter zierte ein hämisches Grinsen. Ihre Freunde standen in Kampfstellung vor ihr, sie wusste nicht, was dort geschah.

Der Traum fühlte sich so real an, Marie fühlte sich durch ihren Traum so ermüdet, dass sie am liebsten einfach wieder eingeschlafen wäre.

„Die Mädchen, ich konnte beide beeinflussen, ihnen eine Zukunft zeigen, welche ihnen drohen wird."

„Sehr gut, mein Junge, ich wusste schon lange, was wirklich in dir schlummert."

„Aber Vater, der Junge ist ein Problem für uns. Ihn konnte ich bislang nicht erreichen und er ist mir gegenüber äußerst misstrauisch."

„Du musst dafür sorgen, dass die Mädchen sich gegen ihn stellen, allein ist er machtlos."

„Aber wie?"

„Sorg dafür, dass sie ihm keinen Glauben schenken, schwäche ihn durch Haltlosigkeit."

Es war schon nach elf Uhr und von ihrer Tochter noch immer nichts zu sehen. Anja hatte ein ungutes Gefühl. Auch wenn es Wochenende war, so war es für ihre Tochter doch sehr ungewöhnlich, dass sie so lange schlief. Also ging sie zur Tür des Kinderzimmers, klopfte zwei Mal und trat dann hinein.

Vor lauter Schreck ließ sie die Tasse mit ihrem Kaffee darin fallen. Marie saß zitternd und weinend in ihrem Bett, sie hatte die Arme um ihre angewinkelten Beine geschlungen. Anja war sofort bei ihr und nahm sie in den Arm. Was war denn nur los mit ihrer Tochter, so war sie doch sonst auch nicht?

„Beruhig dich doch, mein Schatz."

„Nein Mama, ich war dort, ich weiß es, es war so furchtbar!", stammelte Marie zwischen ihren heftigen Atemzügen und den Tränen, die sie sich vom Gesicht wischte.

„Es war nur ein Traum, was ist denn passiert? Oder hat es etwas damit zu tun, dass Zoe dich gestern fortgeschickt hat?"

„Wo-Woher weißt du das?"

„Das werde ich dir später erklären, aber jetzt erzählst du mir erstmal, was genau passiert ist."

„Zoe, sie war so wunderschön gekleidet, dann, dann kam ein Mann, er war schon älter. Er hatte etwas in der Hand, es war Elektrizität, damit hat er auf sie geschossen. Zoe ist auf dem Boden in sich zusammengesackt, ich habe einen herzzerreißenden Schrei gehört, konnte aber nicht mehr sehen, von wem er kam. Der böse Mann, er hat mich gesehen und auch auf mich geschossen, im nächsten Augenblick war ich wieder hier, unversehrt, aber Mama, meine beste Freundin, sie hat er verletzt. Ich habe sie einfach dort gelassen, ich konnte nichts dagegen tun. Mich hat etwas zurückgezogen, ich konnte nicht zu ihr. Und jetzt sitze ich hier und sie ist für immer weg."

Marie sprach schnell und aufgeregt und Anja war sofort klar, dass es sich hierbei wirklich um keinen Traum gehandelt hatte. Rita hatte sie vorgewarnt, dass auch Marie Kräfte und Fähigkeiten entwickeln würde, bislang hatte sie jedoch gehofft, dass sie sich getäuscht hätte. Doch nun war ihr bewusst, dass sie Recht gehabt hatte.

„Marie, Schatz, beruhig dich, bitte", flehte Anja nun auch mit Tränen in den Augen.

„Du hast Recht, es war kein Traum, aber es war auch nicht die Realität. Es war eine Blendung. Zoe ist nichts geschehen."

Marie schüttelte nur den Kopf, das Mädchen stand neben sich und war gerade nicht fähig, das aufzunehmen, was seine Mutter ihm soeben erzählt hatte.

Nach einigen Minuten beruhigte sie sich wieder, die Worte ihrer Mutter waren nun auch in ihrem Kopf angekommen. Marie hatte sich die Tränen mit dem Ärmel ihres Pullovers weggewischt und schaute nun ihre Mama an. Beide waren zurecht völlig fertig, nur Marie verstand nicht, wieso es ihrer Mama so schlecht ging.

„Mama, was ist los, was passiert hier?"

„Marie, ich werde es dir bald erzählen. Geh, lauf und hol Zoe und Alfred, sie müssen es auch wissen. Es hat keine Zeit mehr, zu warten."

Marie machte sich sofort auf den Weg zu ihren Freunden. Sie war sich unsicher, ob Zoe sie wieder wegschicken würde, aber diesmal würde sie nicht gehen. Hastig klopfte sie an die Haustür und als hätten die Zwillinge direkt dahinter schon auf sie gewartet, wurde ihr binnen Sekunden geöffnet.

„Kommt mit, es ist etwas passiert, Mama hat gesagt, es ist wichtig, wir dürfen keine Zeit verlieren", Maries Stimme überschlug sich fast beim Reden, noch nie zuvor war sie so aufgeregt gewesen.

Die Zwillinge sahen einander verwirrt an, bevor sie das Wort an Marie richteten.

„Mach mal langsam", sprach Alfred.

„Nein, langsam geht nicht, ihr müsst mitkommen!", sagte sie hastig.

„Marie, was ist denn los?", fragte Zoe.

„Das wird Mama uns gleich erklären, ich weiß es auch noch nicht, aber ich weiß, dass es gefährlich ist. Es will uns töten, ich war selbst dabei."

Die Zwillinge blickten an Marie vorbei zu deren Elternhaus, sie sahen Anja im Garten stehen. Seltsam, wieso war sie da? Die Kinder kannten zwar den Ernst der Lage nicht, aber sie kamen mit, zusammen liefen die drei zu Anja.

„Hoch da!", sagte sie bestimmt zu den Kindern. Sie mussten ins Baumhaus, dort würde sich alles klären.

Nicht wissend, was vor sich ging, taten die drei wie ihnen geheißen. Marie hatte ihre Mutter noch nie so erlebt, so bestimmend und panisch zugleich.

Oben angekommen schickte Anja die Kinder sofort ins Innere des Baumhauses und befahl ihnen, sich zu setzen. Als wäre es ein Zwang, alles zu tun, was Anja ihnen sagte, taten die drei, was ihnen gesagt wurde.

Das letzte Mal, als Zoe hier oben war, hatte sie ihre Mutter gesehen. Ihr war nicht wohl bei der Sache hier. Anja spürte dies sofort und beruhigte sie.

„Keine Angst, Zoe, Marisa wird nicht kommen."

„Woher weißt du …?"

„Ich weiß es einfach, okay! Ich erkläre euch das alles, Stück für Stück, aber dazu müsst ihr ruhig sein, eure Seele muss sich entspannen. Denkt an etwas Schönes."

Anja spürte, wie Liebe den kleinen Raum erfüllte und genau das war es, was sie jetzt brauchten, Liebe, denn sie hielt das Böse fern.

„Okay, ihr seid so weit. Ich werde euch jetzt einige Dinge sagen, ihr werdet die nicht heute und auch nicht morgen verstehen, das braucht Zeit, aber diese Zeit haben wir aktuell nicht."

Die Kinder sahen Anja gespannt an, sie wussten nicht, was sie gleich erzählen würde, aber Anja wusste, dass sie ihr vermutlich zunächst keinen Glauben schenken würden. Deshalb musste sie es ihnen anschließend zeigen.

„Kinder, ihr seid etwas ganz Besonderes. Nicht so, wie ihr denkt, weil es jede Mutter zu ihrem Nachwuchs sagt, nein, in einer ganz anderen Art und Weise. Zoe, Alfred, ihr habt das schwere Schicksal gezogen, dass ihr schon von klein auf allein zurechtkommen musstet. Da hat es Marie besser getroffen, denn ich durfte bei ihr bleiben, aber ihr wart nie allein. Ihr konntet und könnt auch in Zukunft immer zu mir kommen, egal, was ist, ich werde euch helfen. Bald werdet ihr mich nicht mehr so dringend brauchen, denn Marisa wird bald zu euch zurückkehren. Um genau zu sein ist dieses bald heute, denn heute wird sie euch helfen, aber auch dir, Marie. Marisa ist eine der mächtigsten Frauen, die jemals einen Fuß auf die Erde setzen durfte und da, wo sie ursprünglich lebte, ist sie das mächtigste Wesen aller Zeiten. Sie und ich, wir kommen von einem Planeten, der sehr weit von hier entfernt liegt, er heißt Synovrom. Ihr drei seid vom Rat der Mächtigen noch vor eurer Geburt dazu auserwählt worden, gegen die Krieger zu kämpfen und unsere Welten zu retten. Ihr werdet außerplanmäßig bereits heute alle eure Fähigkeiten erhalten, normal wäre dies automatisch an eurem zwölften Geburtstag geschehen, doch so lange können wir nicht mehr warten. Es sind Dinge passiert, mit denen möchte ich euch jetzt nicht noch zusätzlich belasten. Ich weiß, was ich euch erzähle klingt wirr, aber es ist die Wahrheit. Zoe, du wirst die Rolle deiner Mutter übernehmen, ihre Kräfte und ihren Mut, du wirst die stärkste Feenkönigin sein, die je auf Synovrom gewandelt ist, und du, Alfred, du wirst die Welten beschützen, deine Kraft ist die Macht des Wolfentroll. Dieses Wesen hast du bereits kennengelernt, du hast es in dir gesehen, als Marisa versucht hat, Kontakt zu dir aufzunehmen. Nicht zu vergessen Marie, du hast die Macht und kannst dich teleportieren, du kannst überall hin, wo du gebraucht wirst, und glaube mir, mein Kind, du wirst gebraucht, du bist der Kleber, der euch alle zusammenhält, ohne dich sind die anderen zwei machtlos."

Die Kinder saßen mit offenen Mündern vor Anja, sie konnten nicht fassen, was ihnen gerade erzählt worden war.

„Und jetzt folgt mir, wir müssen los."

Die Kinder saßen wie versteinert auf dem Boden und schüttelten ihre Köpfe.

„Keine Widerrede!"

Da war er wieder, dieser Ton, dem sie sich nicht widersetzen konnten, eine unsichtbare Macht zog sie an den Schultern hoch.

„Los kommt, wir haben keine Zeit mehr!"

Kapitel 25

„Wohin fahren wir eigentlich?", wollte Marie wissen. „An einen Ort, an dem uns die Krieger nicht finden können und anschließend reisen wir weiter und sorgen dafür, dass es diesen Planeten hier noch lange Zeit geben wird", antwortete Anja ihrer Tochter.

Die Zwillinge hatten auf der Rückbank des Autos Platz genommen und waren ganz still. So kannte Anja die beiden nicht, sie hatte sie als quirlige kleine Kinder kennengelernt. Normal konnte man sie nicht nebeneinandersetzen, ohne dass zumindest einer der beiden dauerhaft redete. In diesem Moment konnte sie es aber verstehen, sie hatte die Kinder eben so überrumpelt, nicht nur die Zwillinge, auch ihre eigene Tochter. Aber es musste sein, eigentlich wollte sie damit noch bis zum Abend warten, aber nach dem, was Marie gesehen und erlebt hatte, war es mehr als allerhöchste Eisenbahn. Sie musste verhindern, dass Pablo an die Macht kam, weder jetzt noch zu einem späteren Zeitpunkt.

„Mama, wieso fährst du uns zur Schule? Ich glaube, das ist der absolut falsche Zeitpunkt zum Lernen", meinte Marie.

„Abwarten, ihr werdet es gleich sehen. Die anderen treffen wir erst am Ziel unserer Reise. Nur eine einzige Person werden wir gleich antreffen und das ist Marisa. Sie weiß, dass wir kommen, sie hat es mir gestern gesagt."

„Aber wie, woher?", fragten die Zwillinge synchron.

„Kinder, das muss euch eure Mutter leider selbst erklären, ich bin heute nur die Überbringerin. Es war meine Aufgabe, euch einzuweihen, euch genau jetzt und heute herzubegleiten. Ich gehe diesen Weg heute mit euch und ich werde euch bei eurem Training helfen. Aber nicht nur ich, der gesamte Rat wird euch trainieren und auf eure Aufgaben vorbereiten."

Anja bog auf den Parkplatz des Schulgebäudes ab und parkte ihr Auto ein. Nachdem sie alle ausgestiegen waren, liefen sie zügig in Richtung der Schule. Diesmal jedoch beschloss Anja, einen anderen Eingang in die Schule zu nehmen, den Haupteingang zu wählen war ihr zu gefährlich. Überall lauerte die Gefahr und sie wusste nicht, wer Feind und wer Freund war.

Die vier kamen durch den Keller des Gebäudes hinauf in die Gänge. Anja steuerte auf den Spind von Zoe zu, die Kinder blieben stets dicht hinter ihr. Der Spind war nicht verschlossen, sodass Anja ihn einfach öffnen konnte. Sie kramte nach etwas, es war eine Murmel. Als sie diese in ihre Hand nahm, bat sie die Kinder darum, sich an den Händen zu nehmen, Marie sollte das Bindeglied zwischen den Zwillingen und ihrer Mutter bilden. Kaum hatten sie eine Kette gebildet, befanden sie sich in einem Raum. Es war das Büro in der Zwischenwelt, Anja wusste genau, was sie tat, die Kinder hingegen wirkten stark überfordert. Sie waren schweigsam und zurückhaltend. Für gewöhnlich waren die drei aufgeweckt und neugierig, so wie es sich für Kinder in ihrem Alter gehörte, aber das alles hier schien sie zu verängstigen. Sie würden nur etwas mehr Zeit brauchen, um sich daran zu gewöhnen, und die würden sie ja auch noch bekommen, nur nicht heute.

„Wow, ihr seid so groß geworden", erhellte eine Stimme den Raum. Es war Marisa, welche aus dem Schatten der Zimmerecke heraustrat und geradewegs auf ihre Kinder zuging.

Zoe und Alfred mussten mehrfach blinzeln, sie konnten nicht so recht glauben, was sie da sahen. War es real, war das wirklich ihre Mutter oder doch nur ein Hirngespinst?

„Traut euch, geht nur hin, sie ist es wirklich. Das Einzige, worauf ihr noch einige Monate warten müsst, ist, dass sie wieder mit auf die Erde kommen kann. So lange wird es noch dauern, bis ihr eure Kräfte vollständig erhalten werdet und bis es so weit ist, muss Marisa sich noch von euch fernhalten", sprach Anja liebevoll.

„Danke Anja, danke, dass du sie hergebracht hast."

„Ich hätte nie zugelassen, dass Pablo sie verletzt."

„Ich weiß, ich kenne dich lange genug, um das zu wissen."

„Wer ist Pablo?", fragte Zoe.

„Oh mein Schatz, wir haben so vieles nachzuholen, ich kann es dir heute leider nur in Kurzversion erklären, ihr dürft nämlich nicht allzu lange hierbleiben, sonst fliege ich auf. Pablo darf nicht wissen, dass ich mich hier in der Zwischenwelt aufhalte, sonst weiß er, dass ich euch nie ganz verlassen habe. Ihr müsst wissen, Pablo Funjaki kämpft für das Böse im Universum und ich sowie auch Anja und der Rest des Rates der Mächtigen für das Gute. Ihr seid unsere Nachfolger und habt noch keine Kontrolle über eure Kräfte, ganz im Gegensatz zu uns. Ihr werdet es im Laufe der Zeit erlernen, doch es gibt einen Haken an der Geschichte. Da ihr zwei die Kinder von mir seid, der obersten Anführerin des Rates, müsst ihr selbst lernen, wie die Kräfte funktionieren. Solange darf ich nicht zu euch zurückkehren."

„Aber wieso, das ist doch total unfair!", meinte Alfred.

„Ja, mein Junge, das ist es, aber würde ich euch helfen, dann hätten die Krieger das Recht, euch zu töten. Ich darf euch dabei nicht helfen, zumindest nicht direkt. Deshalb habe ich ja auch versucht, euch über diese Zwischenwelt hier zu erreichen. Das wäre mir auch gut gelungen, wenn bereits mehr Zeit vergangen wäre. Eure Fähigkeiten und Kräfte werden sich in einem halben Jahr endgültig zeigen und dann ist auch der Zeitpunkt gekommen, an dem sich herausstellt, ob ihr wirklich in die Rolle schlüpfen werdet, die prophezeit wurde. Ihr habt alle drei so starke Charaktere und einen unermüdlichen Willen, dass es wahr sein muss. Anja und ich wollten es anfangs nicht wahrhaben, aber ihr werdet unsere Nachfolger werden und somit steht auch fest, dass ihr drei zusammen die stärkste Verbindung darstellen werdet, die es jemals gegeben hat. Marie, du bist das Bindeglied, wenn du nicht dabei wärst, könnten Zoe und Alfred beeinflusst werden. Negative Beeinflussung führt zum Bruch der Seele und dazu, dass die Krieger an die Macht kämen. Alfred, du wirst unser Universum beschützen, als eines der mächtigsten Wesen aller Zeiten, der Wolfentroll. Er ist in der Lage, Gefahr zu fühlen. Du, Zoe, wirst meine direkte Nachfolgerin, du übernimmst meine Kräfte und erhältst deine eigenen zusätzlich, du wirst das Oberhaupt des Rates werden und zahlreiche mächtige Wesen leiten. Dies alles ist aber nur möglich, solange ihr beisammen seid. Zumindest auf Synovrom müsst ihr das tun, auf der Erde bleibt alles, wie es ist. Die Portale, ihr habt alle drei eins in eurem Spind, nutzt sie aber nicht in Gegenwart der Menschen, das kann zu Verschiebungen in der Zukunft führen und Pablo auf euch aufmerksam machen. Er ist in der Lage, Materie zu orten. In der Zwischenwelt hier bin ich geschützt, durch euch alle, denn eure Kräfte überlagern meine, jedoch nur für einen kurzen Zeitraum. Die Zeit wird knapp, ihr müsst weiter. Geht nach Synovrom, dort wartet der Rat bereits auf euch, er wird euch erste Kräfte übertragen, damit ihr unbeschadet umherreisen könnt. Ihr braucht die Kräfte, um die Barriere stabil zu halten, ohne sie würden die Krieger und ihre Armee der Schatten auf die Erde gelangen und diese zerstören. Es liegt nun an euch, die Welten und deren Bewohner zu retten. Ich liebe euch alle drei, bleibt stark."

Mit diesen Worten verschwand Marisa wieder im Schutze der Dunkelheit.

„Jetzt verstehe ich überhaupt nichts mehr", sagte Alfred.

„Dann sind wir ja schon zwei", fügte Marie hinzu.

„Nein drei, aber ich denke, wir werden es noch begreifen", meinte Zoe.

„Kommt jetzt, wir müssen los, der Rat wartet bereits."

Wieder hielten sie sich alle an den Händen, genauso, wie sie es zuvor in der Schule getan hatten.

„Wo ist dieses Pack, wenn man es braucht?! Ich habe es genau gesehen, sie hat die Vereinbarung gebrochen, elendes Weib!", schrie Pablo quer durch den Saal. Mit einem lauten Knall zersprang der Ball aus gesammelter Energie an der Wand, als Pablo ihn mit voller Wucht dagegen schleuderte. Weitere Energie hatte sich bereits unter seinen Fußsohlen gebildet. Die Wut kochte in ihm über. Hielt Marisa sich nicht an die Vereinbarung, so würde er es auch nicht mehr tun.

Er machte seine Kämpfer stark und holte seinen Sohn nach Synovrom.

„Was ist los, Vater?", fragte dieser irritiert.

„Marisa, sie ist aufgetaucht, ich habe ihre Energie materialisieren können."

„Ich wusste es, Alfred hat sie gesehen."

„Schweig still! Es ist nun an dir, ich will die Zwillinge, tot, aber ihre Seelen lebendig!"

„Vater, das kannst du nicht von mir verlangen, ich …"

„Du bist mein Sohn, du wirst kein so verweichlichtes Etwas, zu dem deine Mutter dich erziehen wollte. Du wirst ein Krieger und tust gefälligst, was ich dir befehle!"

„So, Kinder, wir sind da", berichtete Anja freudig.

„Wie krass, das ist ja richtig schön hier", schwärmte Zoe.

„Das ist wirklich krass, genau hier war ich heute bereits einmal, aber irgendwas ist anders", meinte Marie.

„Ja, mein Schatz, da hast du völlig Recht. Als du mir heute von deinem Traum erzählt hast, da haben dich die Krieger hierher geleitet und dir gezeigt, wie schrecklich die Zukunft sein wird, jetzt bist du mit uns hier und siehst, wie es wirklich ist."

„Wieso war Marie hier?", wollte Alfred wissen.

„Weil Pablo es so wollte. Kinder, ihr seid alle noch nicht stark genug, um dem bösen Willen der Krieger standzuhalten, das müsst ihr erst noch lernen. Pablo ist ihr Anführer und versucht, euch zu schwächen. Lasst es nicht zu, dann könnt ihr ihn am effektivsten bekämpfen. Jetzt kommt, wir müssen in das Gebäude da vorne."

In dem Gebäude, welches einem Palast ähnelte, warteten bereits alle Mitglieder des Rates auf die Ankunft ihrer neuen Anführer.

„Seid willkommen", sprach sie Direktorin Marx an.

„Frau Marx, was machen sie denn hier?", wollten die Kinder wissen.

„Ich, meine Lieben, bin Mitglied des Rates der Mächtigen. Viele Jahre habe ich über euch gewacht und auch eure Lehrer sind nicht zufällig eure Lehrer, denn sie wurden dazu auserkoren, euch zu beschützen. Sie sind Synovromianer, wie wir alle hier. Wir mussten uns stets zurückhalten, damit ihr und die anderen Schüler nichts bemerkt, aber heute war es für uns an der Zeit, unsere Tarnung abzulegen und euch zu helfen. Die Schatten halten immer größeren Einzug auf der Erde und das müssen wir verhindern. Kommt, geht in unsere Mitte. Ihr müsst durch das Portal, durch es erhaltet ihr vorläufige Kräfte."

Kapitel 26

„**A**ugenblicklich stehen bleiben!", rief eine tiefe, männliche Stimme. Die Ratsmitglieder drehten sich um, Pablo stand am anderen Ende des Raumes, ihm war alles zuzutrauen. Nun galt es, die Kinder zu schützen.

„Zu spät, Kinder, hört auf das, was er sagt, er ist gefährlich." Pablo ging wie in Zeitlupe auf sie zu, währenddessen sprach er zu ihnen.

„Es kommt selten vor, aber da muss ich dir Recht geben, Marx. Ich bin gefährlich. Erlaubt mir, mich euch vorzustellen, ich bin Pablo, Pablo Funjaki. Heute bin ich allein gekommen, ohne meine Krieger. Ich dachte, ich könnte diese Sitzung hier friedlich beenden, doch dann habe ich etwas gesehen, was mir einen Strich durch die Rechnung gemacht hat", er sprach langsam und freundlich, um das Bild seiner Erscheinung zu trüben.

Der Mann trat näher an die Kinder heran, keiner der anderen Anwesenden wagte es, sich zu bewegen. Sie alle kannten Pablo und wussten, wozu er in der Lage war. Die Kinder atmeten flach, Pablo wirkte mit seinem langen, schwarzen Umhang, den ledernen Stiefeln und lang gewachsenen, knöchernen Fingern höchst angsteinflößend auf sie.

Er begann ein hämisches und düsteres Lachen, welches ihnen einen Schauer über den gesamten Körper jagte.

„Ihr sollt also die sein, die mich aufhalten können. Was hat sich der Rat nur dabei gedacht, mir diese Erbärmlichkeit vor die Nase zu setzen? Marisa, sie war eine Kämpferin, doch auch sie hat verloren und diese Gören hier sollen sie ersetzen? Ha, das glaube ich kaum!", sprach er mit steigender Intensität und Kraft in seiner Stimme, die Wucht der Worte ließ ihn noch düsterer wirken.

Pablo wandte sich von den Kindern ab und Marx zu.

„Ich habe sie gesehen, Marx, und nicht nur das, ich weiß, wo sie ist. Du wirst mich zu ihr führen oder nie wieder einen Schritt wandeln", sagte er bewusst ruhig.

Die Kinder waren starr vor Angst, in ihren Augen stand die blanke Panik geschrieben. Anja, welche eben noch neben ihnen gestanden hatte, bildete nun eine Art Schutzschild, hinter dem sich die drei versteckten.

„Dreh dich um, lass die Kinder in Frieden! Nimm mich, das ist das Einzige, was du wirklich willst!", rief eine den Zwillingen sehr vertraute Stimme plötzlich durch den Saal.

„Hallo Marisa, so sieht man sich wieder", sprach Pablo in einem bemüht ruhigen Ton. Er wollte sein wahres Ich noch immer nicht zeigen, mit diesem würden sie alle noch früh genug Bekanntschaft machen, denn lange würde er seinen Zorn nicht mehr bändigen können.

„Ich war nicht einen Tag bei ihnen, ich habe nie gegen die Vereinbarung verstoßen und dennoch stehst du heute hier."

„Du hast sie vorgewarnt. Ich habe meine Spitzel, sie haben alles genau verfolgt und das war nicht Teil der Vereinbarung."

„Pablo, du hast von mir das größte Leid verlangt, das eine Mutter ihren Kindern antun kann, sie waren noch so klein. Ich habe sie sich selbst überlassen und musste über die Jahre lernen, was für ein mieser Verräter du doch bist. Ich war lange Zeit als stille Beobachterin tätig, doch als ich sah, was du planst, musste ich aktiv werden."

„Schweig!", rief er ihr energisch entgegen.

Marisa verstummte, ihr Blick wanderte zwischen Pablo, Anja und den Kindern hin und her.

Sie war bereit, bereit, gegen ihn zu kämpfen, bereit, sich für ihre Kinder zu opfern, bereit zu sterben.

Pablo fixierte Marisa mit seinem Blick, er brannte ihr ein Zeichen in die Seele, sodass sie schmerzerfüllt aufschrie. Zoe und Alfred machten hinter Anja Anzeichen, gleich zu ihrer Mutter laufen zu wollen, doch Anja hielt sie zurück. Marie beobachtete jede noch so kleine körperliche Bewegung ihrer Mutter. Als sie sah, was sie vorhatte, zog sie sie ganz sachte am Oberteil, für keinen sonst bemerkbar, doch Anja hatte es gespürt und gab ihrer Tochter mit einem minimalen Kopfschütteln zu verstehen, dass sie es tun musste. Pablo war so sehr mit Marisa beschäftigt, dass er zu spät bemerkte, was nur wenige Meter abseits von ihm geschah. Anja nutzte die Gunst, dass er nicht auf sie achtete, und stieß die Kinder so kräftig sie nur konnte nach hinten weg. Zoe und Alfred entwich dabei ein Quietschen, welches sich durch den Schreck nicht vermeiden ließ. Marie war darauf gefasst gewesen und ließ es geschehen, sie konnte es ohnehin nicht verhindern. Ihre Mutter hatte sie so stark gestoßen, dass sie sich nicht gegenhalten konnte. Gemeinsam mit den Zwillingen flog sie regelrecht durch das noch offene Portal, gemeinsam landeten sie unsanft auf der anderen Seite auf dem Boden. Zoe war mit dem Kopf aufgekommen und rieb sich die Hinterseite mit ihrer rechten Hand. Marie sprang schnell wieder auf und auch Alfred war direkt wieder auf den Beinen, nur Zoe brauchte einen Moment länger, einen Moment zu lange. Pablo wandte sich ruckartig von Marisa ab und fixierte Zoe.

„Nein, nicht hier und heute!", rief er mit kraftvoller Stimme. Mit großen Schritten marschierte er direkt auf Zoe zu, welche noch immer am Boden war. Sein Blick fixierte nun sie und das Mädchen wurde blass. Um Pablo herum blitzten Funken auf, binnen Sekunden hatte er es geschafft, diese Energie zu materialisieren und hielt den Energieball in seinen Händen. Mit voller Wucht schleuderte er die geballte Energie auf Zoes Herz.

Das Mädchen schrie und versuchte, sich noch hinter seinen Händen zu verstecken, als es den Energieball auf sich zukommen sah. Doch es war zu spät, um sie herum wurde es dunkel.

Nur dumpf konnte sie die Stimmen der Personen, welche um sie herum standen, wahrnehmen.

Alle redeten und schrien durcheinander.

Dann war es leise, Zoe hörte nichts mehr, sie konnte sich nicht mehr rühren, sie war nicht mehr Herrin ihres Körpers. Sie sah diesen am Boden liegen, völlig zerstört, ihre Mutter saß weinend über ihn gebeugt und ihr Bruder stand kreidebleich daneben.

Was war da gerade passiert?

Sie sah, wie Pablo in die Hände klatschte, aber seine Worte, die konnte sie nur erahnen.

Er wirkte so triumphierend, doch diesen Triumph würden sie ihm nicht gewähren. Zoe kannte Pablo erst wenige Minuten und doch wusste sie, dass er gestoppt werden musste. Sie war es, die ihn stoppen musste und sie war es auch, die dort unten lag, sie war es, deren Körper von dessen Geist durch den Aufprall getrennt worden war.

Pablo drehte sich um. Ohne ein weiteres Wort zu sagen verließ er den Saal. Im Saal herrschte eine beengende Stille. Pablo war in dunklen Nebelschwaden verschwunden, Zoe wusste, er war nun wieder gegangen, sie wusste, dass dies nur ein kleiner Vorgeschmack seiner Kräfte gewesen war. Schlimmeres mussten sie unbedingt verhindern.

Langsam näherte sie sich wieder ihrem Körper. Es war eine unsichtbare Kraft, welche sie hinab zog. Sanft tauchte sie wieder hinein und unter dem Gewicht ihrer Mutter, welche noch immer über ihrem zierlichen Körper lag, machte sie wieder einen Atemzug. Ihre Mutter hob den Kopf und sah zu, wie ihr Körper wieder heilte, dann sah sie in ihre leuchtenden Augen und sprach: „Du lebst." Es war mehr ein Hauchen. Dann drehte sie den Kopf zu Alfred und Marie, sie hatte Tränen in den Augen und ein Lächeln auf den Lippen.

„Ihr habt es geschafft, von nun an liegt es in euren Händen, die Universen zu retten."

Die Autorin

Jenny Kremer wurde 1997 im südlichen Hessen geboren. Sie absolvierte dort die Fachhochschulreife und ist als Einzelhandelskauffrau tätig.
Mit „WeltenRetter" beginnt sie ihre schriftstellerische Karriere. Das Buch um Magie, ferne Reiche und dunkle Mächte ist das erste Werk der Autorin. In ihrer Freizeit befasst sich die liebevolle Hundebesitzerin schon länger auf verschiedene Weise mit Literatur: Schreiben zählt längst zu ihren Hobbys und sie ist auch selbst begeisterte Leserin. Außerdem befasst sie sich auch mit der Kunst der Musik, indem sie in ihrer Freizeit singt. Wenn sich Jenny Kremer nicht gerade mit fantastischen Büchern oder Liedern beschäftigt, halten sie ihre Vierbeiner auf Trab, mit denen sie viel Zeit in der freien Natur verbringt.

Der Verlag

*Wer aufhört
besser zu werden,
hat aufgehört
gut zu sein!*

Basierend auf diesem Motto ist es dem novum Verlag
ein Anliegen neue Manuskripte aufzuspüren, zu ver-
öffentlichen und deren Autoren langfristig zu fördern.
Mittlerweile gilt der 1997 gegründete und mehrfach
prämierte Verlag als Spezialist für Neuautoren in
Deutschland, Österreich und der Schweiz.

**Für jedes neue Manuskript wird innerhalb
weniger Wochen eine kostenfreie, unverbind-
liche Lektorats-Prüfung erstellt.**

Weitere Informationen zum Verlag und
seinen Büchern finden Sie im Internet unter:

www.novumverlag.com